エビデンス選書

# 青木雨彦

Aoki Amehiko

## 長女の本

顔もいいけど心がきれいだ

情報センター出版局

# 長女の本

顔もいいけど心がきれいだ

長女の本◎もくじ

# 第2章　長女父親本線に霧深し

## 第3章 長女・次女・三女の行動学

## 第４章　長女の条件、その性格

## 第5章 長女よ、キミは自由なのだ

＊本書に登場する人物の年齢や肩書き、国名や会社名、法規などは原則的に執筆当時のままとしました。

# プロローグ

## 松本清張さんが長女に贈った言葉

評論家・扇谷正造先生の名著『結婚スピーチ傑作集』（KKベストセラーズ）に、小説家・松本清張さんの、ご長女の結婚披露宴における父親としてのあいさつが出てくる。扇谷先生のお許しを得て、これをこの本の最初に引用したい。

《……長女というものは、父親にとって履歴書みたいなものです。自分がまだ世間には名も成さず、修業時代の、おおむねは、父親の貧乏時代のころの出生だからであります。あの娘の六つの時には、十三の時にはと、娘を見るたびに、フト、そのことを回想する。

そんなわけで、私、昨夜は、何となく眠れず、ウツラウツラとしておりました。夜半に雨が降り、しきりに屋根をたたいている。つい二階の書斎から下へ電話をしますと、でてきたのが、娘なんです。

「どうしたの、お父さん」

「ああ、ちょっと眠れなくってね」

「わたしもよ、お父さん……」

短い、何気ない会話がその時、かわされたのですが、その時、ああ娘もまた、私と同じ思いなのだなと思いまして……》

恥ずかしながら、わたしはこのあいさつにしびれている。とくに、

「長女というものは、父親にとって履歴書みたいなものです」

という言葉は、長女を嫁がせる父親の心情を言い尽くして、これ以上の言葉はない。

わたしのところにも、長女がいる。なぜか次女も三女もいるけれど、長女がいる。四年制の大学を卒業して社会人一年生になったばかりなので、まだまだ長女を嫁がせる父親の嘆きを嘆かないで済みそうだが、

「なに、その日は目と鼻の先だよ」

という悪友たちの声も聞こえてくるようだ。

## オモチャに、男も女もない

わたし自身は、新聞記者だったこともあって、あまり家庭のことを顧みるほうではない。女房なんかに言わせると、

「どちらかといえば、情《じょう》の薄い人だ」

ということになっている。

具体的な例を挙げるなら、新聞記者時代に、三つか四つだった娘――これは、次女だった――が、

「ガケから落ちてケガをした」

という知らせが会社に入り、

「早く帰ってやれ！」

と言われたときも、病院に駆けつける前に途中下車し、腹拵《はらごしら》えをしていったことがある。娘たちは、いまでもこのことを根にもっていて、

「お父さんは、冷たいんだから……」

と言うが、そのたびに、

「バカ言え！」

と、わたしは怒鳴っている。

それというのも、あのとき、わたしは東京の新橋から湘南電車に飛び乗って、横浜へ着くあい

だ、娘のケガのことを考えて、

「どうしよう？　どうしよう？」

と、オロオロしていたのである。そのうちに、

「娘がケガをしたことは仕方がない。しかし、娘にケガをしたことを忘れさせるためには、どうすればよいか？」

ということを考え、

「そうだ！　縫いぐるみを買っていってやれ」

と思いついたのだ。

自慢じゃないが、わが家では、それまで縫いぐるみなんか、買ったことはなかった。そのころ、長女はすでに小学生だったと思うが、彼女も縫いぐるみなんか買い与えてもらった経験はないはずだ。

わたしは、娘たちにオモチャを買い与えるとき、意識して人形や縫いぐるみを避けてきた。ふつうの家庭では、

「女の子は女の子らしく」

というので、女の子に人形や縫いぐるみを買い与えるらしいが、わたしは、そんなの、マッピラゴメンだ。

それこそ、

「女は、女に生まれない。女になるのだ」

という、ボーヴォワール女史の悪い冗談ではないけれど、わたしは、女の子は、女の子らしいから人形や縫いぐるみを与えるのではなく、

「人形や縫いぐるみを与えるから、女の子らしくなるのだ」

と思っている。そして、これはわたしの独断と偏見だが、子供なんて、第二次性徴があらわれるまで、

「男も女もない」

と思っている。

そんなわけで、わが家では、娘たちに人形や縫いぐるみなんか買い与えたことはなかった。人形や縫いぐるみを買い与えるくらいなら、〝レゴ〟や積み木や汽車、自動車を買い与えた。あるいは、コマや凧を買い与えた。

そのほうが安いし、それに、人形や縫いぐるみなら一人で遊ぶことしかできないが、〝レゴ〟や積み木や汽車、自動車なら、一人で遊ぶこともできるし、大勢で遊ぶこともできる。もっとホントのことをいえば、親のわたしだって、いっしょになって遊ぶことができるではないか。

**いそげ、いそげ、娘のもとへ**

それは、まあ、それとして、わたしは娘がケガをしたときに、初めて、

「そうだ！　縫いぐるみを買っていってやれ」

と思いついた。そうして、

「そうすれば気がまぎれて、すこしでも娘にケガをしたことを忘れさせることができるだろう」

と考えたのだ。

そこで、湘南電車が横浜に着いて、

「どうせ乗り換えなければならないのだから……」

と、ホームに降りたとき、そのまま途中下車して、駅の近くにあるオモチャ屋へ走ったのだ。

そして、大きなイヌかなんかの縫いぐるみを買い求め、そのついでに、腹が減っていることを思い出し、

「そうだ！　どうせ病院へ行ったところで、すぐに食事をとることもできまい」

と考えて、ちょいと飯を食っていったまでのことである。

病院に着き、次女を見舞い、ホッとしたところで、

「あなた、食事は？」

と女房に言われて、

「いや、済ませてきた」

と、わたしはコトの次第を打ち明けた。もちろん、女房は、

「そりゃあ、よかった」

と笑ってくれたけれど、これが、娘のケガが治ったとき、

「お父さんはねえ……」

という話になるのである。

「お父さんは、娘がケガをして、見舞いに駆けつけるときも、ちゃんと途中下車をして食事を済ませてくるような人だ」

バカらしい話だけれど、娘たちがこういうときは、

「ホントは縫いぐるみを買うため、オモチャ屋に立ち寄って……」

というくだりが故意に抜けている。が、これは、おおげさにいえば、わが家における暗黙の了解事項であって、わたしたちは、こんなふうにしゃべりあうことによって、親子の対話を楽しんでいるわけだ。

それこそ、これを、なんにも知らない他人が聞いたら、

「なんという冷たい父親だろう」

と思うにちがいない。娘がケガをしたら、

「とるものもとりあえず病院に駆けつける」

というのが、ふつうの父親の情なのに、この家の父親は、まあ……と、おおかたの人たちが思うのではなかろうか？

しかし、わが家はちがう。娘たちが声をそろえて――そして、それは、しばしば長女が音頭を

とるのだが――父親を責めるときは、むしろ一家の団欒《だんらん》にふけっているときなのである。

娘たちも、

「父親は、あのとき、縫いぐるみを買うために途中下車したのだ」

ということが頭にあるから、平気で冗談を言うことができる。すくなくとも、わたしは、自分の家庭をそういうふうに作りあげてきた。

## 長女こそ父親の人生である

俗に、

「父親の権威」

とかナンとか言うけれど、恐れ、畏《かしこ》まられることだけが権威ではあるまい。ときに、敬して遠ざけられることもないではないが、娘たちにとってわたしは、

「病院へ行く途中で縫いぐるみを買って帰る」

という、ふつうの人にはちょっと思いつかないようなことをやってのける、変わった父親であるらしい。

「それで、いいのだ」

と、わたしは思っている。とくに長女は、冒頭の松本清張さんの言葉ではないけれど、父親の貧乏時代のころの出生で、

「あの娘の六つの時には、十三の時にはと、娘を見るたびに、フト、そのことを回想する」

という宿命（？）をもっている。

これを逆にいえば、わたしは、たとえば自分が勤めていた新聞社を、会社の事情で辞めなければならなくなったとき、

「長女は、いくつだったかなあ」

というふうに、思い起こすのである。わたし自身が、いや、わたしたち夫婦が人生の岐路に立ったとき、好むと好まざるとにかかわらず、長女もまた、無意識のうちに人生の岐路に立たされていた。

長女が、

「父親にとって履歴書みたいなものだ」

という所以《ゆえん》である。長女をみれば、その父親の人生がわかるだろう。そういう意味で、長女には——もちろん、次女も、三女も同じだが——父親の思いがこもっている。

# 第1章
# 長女は父親の履歴書

## 長女、誕生の日——若いお父さんは忙しかった

### 早くも父親は出遅れてしまった

一九六一年（昭和三六年）二月三日——長女・優子の誕生の日である。

ふつうの父親ならば、第一子の誕生のときはなにをおいても産院に向かうものらしいが、わたしの場合、そういうわけにもいかなかった。

当時、わたしは「東京タイムズ」の警視庁捜査一課担当の記者だった。わたしの仕事は事件が発生するのを警視庁で待ち、事件発生と同時に現場に直行し、取材する。つまり、わたしの行動は東京の事件発生のスケジュールどおりということになる。事件発生で、わたし個人のスケジュールなどは吹っ飛んでしまう。

長女誕生の日が、これだった。

まず、二月一日の早朝、渋谷のキャバレー「ナイト上海《シャンハイ》」で四一歳になる従業員が殺された。この取材で現場に駆けつけ、さらに警視庁で捜査の発表を待つ。この事件の性質は単純で、従業員と客とのけんかが殺人事件にまで発展したものだった。しばらくして犯人も逮捕されたと記憶している。とにかく原稿を入れ、ひと休みしながら夕刊を待った。

紙面の大見出しは、

「老ボーイ殺される」

というものだった。他の新聞社の記者たちと、見出しの〝老ボーイ〟がおかしいと笑い合っているとき、別の情報が飛び込んできた。

その第一報は、

「文京区関口町の道端で婦人が殺された」

というものだ。この日、二つ目の殺人事件だった。新聞紙面をかなりにぎわしたので、ご記憶の方も多いと思うが、これが「嶋中《しまなか》事件」の発端である。

実際に現場に駆けつけてみると、婦人は道端ではなく、家の中で殺されている。名前は丸山かねさん――お手伝いさんだった。隣の部屋では夫人が倒れている。重傷である。

しかし、わたしが「あれ?」と思ったのは、その家の表札を見たときである。他社の記者たちはあわただしく動きまわっていたが、彼らは肝心なことに気づいていなかった。わたしは、うっかりと口をすべらせた。

「あれ、ここは嶋中鵬二《ほうじ》さんの家じゃないか」

「嶋中鵬二ってだれだい?」

「たしか『婦人公論』の編集長ですよ」

わたしが言わなくても、遅かれ早かれ誰かが口走っただろうが、とにかくこれで、さらに騒ぎが大きくなった。

人の命に軽重はないけれども、ニュース・バリューでいえば「老ボーイ殺される」とは比べものにならないくらいの大事件だった。すぐに捜査本部が設置され、われわれ記者たちは本部詰めになる。

この事件は、前年の一二月に深沢七郎さんが雑誌「中央公論」に小説『風流夢譚』を発表したことに端を発する。

この作品は発表後、かなりの物議をかもした。その一連の出来事のひとつとして、一右翼少年が編集責任者の嶋中鵬二さんを狙って嶋中さん宅に侵入、凶行に及んだものだった。当の嶋中さんは、印刷所へ出張校正に出かけていて留守であり、難を逃れている。

この事件も犯人はまもなく逮捕されるのだが、だからといって捜査本部をすぐに解散するわけではない。その事件に関連して、大日本愛国党の赤尾敏さんが逮捕されたり、深沢七郎さんが北海道へ疎開したり、事件そのものが複雑になっていった。その間、新聞記者はずっと本部に詰めていたわけだ。

## 長女よ、お母さんは神々しかったぞ

だから、二月三日、長女が生まれた日、わたしは「嶋中事件」の取材で走りまわっていた。

実は、二月三日、わたしは実家に電話をしている。

「どう？」

「無事に生まれたよ、女の子」

それさえ聞けば用はなかった。

この事件の捜査が一段落したのは、二月六、七日くらいだったかと思う。その日、はじめてわたしは長女と対面するために、警視庁から横浜の産院に向かった。しかし、直接というわけではない。無事生まれたことはわかっているのだから、急ぐこともあるまい──というのが、そのときの心境だった。まず実家に寄り、靴下を替えた。パンツも替えた。風呂にも入った。そして病院に向かった。病院は横浜市内の実家の近くだった。

さて、実際に長女に対面したときの第一印象は、

「五体満足に生まれてきてよかったなあ」

ということだった。こういう言い方は非常に難しいが、これが父親としての正直な感想だった。

そして、久しぶりに妻の顔を見たとき、わたしは思

わず感動して、脳みそがしびれてしまった。

妻が、

〝神々しく見えた〟

のである。妻の顔を見てこんな気持になったのは、初めてだった。そして、この感動によって、わたしの父親としての態度が決められてしまったのである。

妻が神々しく見えたのは、わたしに負い目があったからだろう。わたしは父親として、長女誕生になにもしてやれなかった。まして新聞記者という職業がら、あまり家に帰ることもできなかった。つまり父親として、身籠った妻にしてやれることが、なにひとつなかったのだ。妻は自分一人の力で〝生む〟という大事業をやってのけたわけだ。夫のわたしはなにもしなかった。長女誕生をとおして、わたしは家族に一生の負い目をもってしまった。

その夜は眠れなかった。

「父親として、一生の負い目になる。困ったな」

というのが正直な気持だった。しかし、しばらくしてわたしは悟った。

「この負い目を背負って生きることが、父親としての務めなんじゃないだろうか」

今日では、奥さんがつわりで苦しむと、亭主もいっしょになって苦しんでやるという。さらに、

「いっしょに生もう」

と亭主も産院に入り、奥さんの手を握り、生みの苦しみをいっしょに味わう者もいるらしい。

だから、亭主の意識としては、

「誕生のとき、いっしょに苦しんだじゃないか」

ということになる。

しかし、これでは本当の父親とはいえないのではないか。

本当の父親というのは、子供の誕生で、自分がいかに無力であるかを思い知るところにある。

妻が〝神々しく見えた〟のは、自分がなにもできなかったからだ。そして、負い目を感じる。

産院のドアをすこし開けて、なかをのぞく。看護婦さんに叱られ、結局、ドアの前でウロウロするしか能がない。ここに父親としての、頼りなくも素晴らしき原点があるように、わたしは思うのだ。

## なぜ「娘たちのよい父親になろうと努力した」かわかるか？

わたしは長女の誕生で、父親の意味と父親としての心構えを教えられた。そして、

「よい父親になろう」

と自分なりに努力してきたつもりである。

しかし、その結果、どうだったか。

わたしは、娘たちには、もちろんジョウダンだけれども、

「君たちの人生の最大の失敗は、オレの子に生まれたことだ」

と言い聞かせている。というのは、たゆまぬ努力（？）のおかげで、わたしは、世間からみれば、かなりよい父親になってしまった。この父親のもとで育った娘たちが、なにか勘ちがいして、

「男というものは、みんなわたしの父親のように素晴らしい人間ばかりだ」

と思い込んでしまったら、どんなにか不幸だろう——となかばマジメに心配するときがあるのである。

そんなわけで、わたしはこのごろ、つとめて悪い父親になるように努力しなければならないと思っている。

だが、これがなかなかむずかしい。一度、よい父親のクセを身につけてしまったわたしは、ちょっと気を抜くと、悪い父親になることを忘れ、よい父親に逆戻りしてしまっている。これでは、娘の教育によくないのである。ホント、申しわけない気分である。

思いおこせば、長女誕生以来、わたしは家族に対して申しわけない気分でいっぱいだ。

その申しわけない気分の根源が、出産までの妻のガンバリに対してなにもしてやれなかったことであり、さらにこの負い目が原因となって「娘にとっては、よい父親になろう！」という、浅はかな決意だったのである。

妻よ、娘よ、じつに申しわけない！

## 長女が泣いた日――きょうだいが生まれてしまった

### 次女誕生は長女にとって天災だ

ところが、次女が生まれたときも、わたしは家に帰れなかった。次女が生まれたころ、わたしは都庁詰めの記者だった。この日は「東京都議会の解散」という異常事態発生で、新聞記者はてんやわんやだった。

地方議会というのは、ふつうはめったに解散などしないものである。その解散権は、知事の不信任案が可決されたときなどに知事が行使する、いわば伝家の宝刀といったものである。

次女が生まれた日は、東京都議会の解散について、野党側の記者会見があったはずだ。この取材のため、わたしは〝次女誕生〟の知らせを受けながらも、帰宅することができなかった。

次女が生まれた産院は長女のときと同じところだったが、この産院では幼い長女を寝泊まりさせることはできないので、その間、長女は妻の母親に面倒をみてもらっていた。

長女が経験する最初で最大のショックは、妹、あるいは弟の誕生であろう。思わぬライバルの出現である。しかも、敵は相当にてごわい。それまで長女は、父親、母親の愛情を一身に受けて育っている。その安心と自信が妹の出現によって、音をたてて崩れてゆく。

よく新聞ダネにもなるが、小さな子供が年下の弟妹をいじめたり、ひどいときには殺してしまったりする。これはたいてい、最初の子が母親の目をぬすんで、二番目の子をいじめるというパターンとしてあらわれる。しかも、幼いながらも、いろいろな言いわけを用意している。

「お風呂に入れてあげる」

「子守りをしてあげる」

などと母親に言いながら、お姉ちゃん、あるいはお兄ちゃんぶって、下の子をいじめるのだ。

長女にとって、弟妹の出現は、それほどのショックなのである。だから、そのとき、父親がどんな態度で長女に接するかで、長女の気持もかなりちがってくるはずだ。

長女は、せめて父親の愛情だけは自分のものにしたいという心理状態なのだろう。しかし、わたしは新聞記者という不規則な仕事についていたから、なかなか家に帰ることができない。

わたしは次女が生まれて二日後に産院に向かった。このときはもう、長女のときのような妻に対する気がねはない。その二日間、長女はどんな気持で毎日を過ごしていたことだろう。

産院に見舞いにいった親戚の人たちは、当然のことながら、みんな次女に関心を示す。

「目がお父さんそっくりねえ」

「利発そうな子ねえ」

大人たちの会話を傍らで聞きながら、長女の不安はますます大きくなっていったのではないだろうか。いままでは、どこにいても自分がお姫さまだったのに、その座が突然次女に奪われてしまう。

長女はわたしの顔を見て、うれしさと安心がこみあげてきたのだろう。また、わたしの愛情だけは絶対に離さない、という気持だったのかもしれない。産院では、ずっとわたしの手を握っていた。

## 長女と涙して歩いた夜のワケ①

話は前後するが、この一週間ほど前、わたしにとっては生涯忘れることのできないことがあった。

そのころ、わたしは高木健夫《たかぎたけお》先生の主宰する「高見会《こうけんかい》」という勉強会に参加し、コラムの勉強をして、ちょうど一年が過ぎていた。「高見会」は月一回の勉強会で、先生から一つのテーマが提出され、それについてメンバーが作品を書いて持ちより、高木先生はもとより、全員で批評し合うという形式で活動していた。会場は高木先生のご自宅だった。

この「高見会」というのは、もともと高木先生の内弟子《うちでし》たちの集まりで、自然発生的に始められたものだ。メンバーは読売新聞夕刊の「よみうり寸評」子をはじめ、現役の新聞記者や、大学の教授など、総勢二〇人くらいだった。

わたしが「高見会」に参加したきっかけは、会社の先輩で、いまは故人の武田正朗《たけだまさあき》さんの紹介だった。このころ、わたしを育ててくれた先輩たちは、社内の派閥争いに嫌気がさし、みんな会社を辞めていった。

男というのは、われながらだらしないもので、自分を叱ってくれる人がいないと、なんにもできない。尊敬する師匠なり先輩なりがいないと、うまく生きていけないところがある。武田さんはそのことを察して、みずから尊敬する高木先生にこのわたしを紹介してくれたのだ。

また、わたしが社会部を追われ、学芸部に移った、ということもある。いわゆる社会部記者としての修羅場を離れてしまったので、わたしはなんとかして自分を磨くためにも、そういう猛者の集まる会に参加したかったのである。

だから、わたしは高木先生の内弟子ではなく、外様《とざま》、新参者なのであった。

外様のわたしは、高木先生に叱られたことはなかった。ほかのメンバーの作品についてはかなり厳しい批評をする高木先生も、わたしの作品については毎回ほめてくださった。うれしいやらおもはゆいやら、複雑な気持だったが、とにかく、わたしの作品はかなりのレベルをいっている

――と、内心うぬぼれていた。

ところが、これは高木先生の教育方針だったのである。先生は一年間だけ新参者をホメてホメてホメぬく。他人だからだ。

そして「高見会」に参加して一年目に、わたしは初めて先生に叱られた。それは提出した宿題のなかに、たしかキルケゴールの「人間とは馬鹿なものだ。思想の自由がありながら言論の自由を求めている」という文章を引用したときだった。これについて、高木先生が質問した。

「これはなんという本に書いてあった？」

「たしか『死に至る病』です」

「その何ページにあった？」

「えーと、忘れました」

ここで先生に一喝された。

「文章を引用したら、どの本の何ページにあるのかぐらい、ちゃんとメモしておけ！」

さらに作品について、厳しい口調で批評してくださった。わたしはホメられることに慣れていたから、高木先生の豹変ぶりが信じられなくて、ただ茫然としていた。

その勉強会が終わったあと、メンバーの一人だった林 亮 勝《はやしりょうしょう》さん（現・大正大学文学部長）から「よかったなあ」と言われたのだ。そして、わたしのキョトンとした顔を見ながら、

「先生がいままできみをホメてきたのは、きみが外様だったからだ。きみは一年にしてようやく

仲間に入れてもらえたんだ。きみもこれからは譜代だよ」

と言う。それで、わたしには高木先生の考え方が初めてわかったのである。ホメられてばかりいたのは、わたしが、お客さんだったからなのだ。そう思うと、ホメられたと錯覚して有頂天になっていた自分が恥ずかしくなってきた。

と、同時に、

「仲間入りできた」

という林さんの言葉がいつまでも耳に残り、うれしさがこみあげてきた。

## 長女と涙して歩いた夜のワケ②

次女が生まれたのは、この一週間ほど後である。〝都議会解散〟の取材が一段落したあとで、産院へ長女を迎えにいったとき、次女の誕生で長女が相当のショックを受けていたことは前に触れたとおりである。

妻と次女を産院に残し、わたしと長女は家に向かって歩いた。家は近くの丘の上にある。そのとき、わたしと長女は手をつないでゆっくりと坂を登っていた。二人とも無言だった。しばらくして、ひょいと見ると、長女は涙を流している。次女が生まれたショックからだろうか。それとも、わたしが迎えにいった安心からだろうか。あるいは、両方が混じり合っていたのかもしれない。

そんなことを考えているうちに、いつしかわたしも泣いていた。たぶん長女の涙に誘われたのだ。が、わたしの涙は、長女のそれとはちがっていた。わたしの涙は「高見会」の仲間に認められたうれし涙だった。

二人とも手をつないだまま、無言で坂道を登っていく。あたりは薄暗くなりかけていたから、通りすぎる人たちも、わたしと長女の涙に気がつかなかったにちがいない。しかし、もし気がついたとしたら、父と子の二人が涙を流しながら歩いていく姿に、なんと思ったことだろう。

このことは長女との熱い思い出として残っている。そして、これは、わたしと長女だけの秘密だ。

こんなことを言うと、また叱られそうだが、ざんねんながら次女、三女とは、これほど強烈で感銘深い思い出はないのである。

## 長女、小学校入学――貧しいころだったが、がんばった

### 長女をダマす――お年玉も生活費に

最近、妻がある婦人雑誌のインタビューを受けた。

「新婚当時の思い出は？」

「お金がなかったことです」

妻は、間髪を入れずに答えている。

いま思い出してみても、当時よく生活できたものだと、自分のことながら感心する。豆腐一丁で、半分はみそ汁、半分は冷やっこ。たまご一個のたまご焼きを妻と二人で分けて食べる。毎日がそんな生活だった。本当に安い給料で、よくあんなところに就職したものだと、自分自身に驚嘆しているほどだ。いまはどうなったか知らないが、当時は学生時代の同級生と比べてみても、東京タイムズという新聞社はべらぼうに薄給の会社だった。

「新婚時代の思い出は？」

と訊《き》かれたら、わたしもやっぱり、

「お金がなかった」

と答えるだろう。

そして「お金がない」生活は、長女が小学校へ上がるまで、延々と続いた。次女、三女が物心つくころには、わたしも内職などしてある程度の収入を得るようになっていたから、下の二人はふつうの家庭の子と同じような環境だったと思う。

しかし、長女のときは……。

たとえば、お年玉である。正月になっても、長女にお年玉をあげたことはなかった。それどころか、いまとなって思えばひどい親なのだが、親戚からもらった長女へのお年玉は生活費に化けている。だから、お年玉をもらってよろこぶのは、長女よりも妻だった。

「お母さんがちゃんと貯金しておいてあげるからね」

優しくささやき、長女の手に握りしめられたお年玉を、袋ごと取りあげてしまう。

そんな生活状態でも、時間がたてばやはり長女も成長する。

やがて小学校に入学した。このとき、わたしは「長女は父親の履歴書」を実感することになる。

小学校に上がるとき、わたしは長女に机を買ってやることができなかった。長女は机を欲しがっていたし、わたしも買ってやりたかった。しかし、お金がない。

「お父さんが子どものころは、みかん箱で勉強したんだよ。それに一年生のときはあまりむずかしい勉強はしないから、机はなくてもいいんだよ」

こんなことを言って長女を、いや、妻を説得した。というよりも、まるめこんだわけだ。

長女には小学校二年生のときに、やっと机を買ってやることができた。次女は小学校入学と同時に、三女は幼稚園のときに買い与えた。

次女、三女はいいとして、長女のときは、父親として非常に不本意だった。いまでも思い出すたびに可哀そうだったなという気持でいっぱいだ。

その反面、父親として救われる気持にもなるのは、そのことで長女がひがまなかったことであ

る。次女が小学校入学と同時に机を手に入れたことに対して、

「わたしは二年生まで買ってもらえなかったのに……」

とひがんだりするのは、よくあることだと思う。しかし、長女は次女のうれしそうな顔を見ながら、

「よかったね」

といっしょになって、よろこんでいた。三女のときもそうだった。

長女に「わたしのときには……」という意識はまったくなかったようだ。ただ、最近は娘三人でキャッキャッ言いながら「机」について話していることがある。

「わたしが机を買ってもらったのは……」

娘たちの会話をわたしはニヤニヤしながら聞いている。その会話に長女のわだかまりはない。姉妹のコミュニケーションの手段として、冗談っぽく話題にしているにすぎない。また「机」のことで冗談の域を出たら、わたしが怒鳴りだすことを娘たちは知っている。そのあたりの呼吸を計りながら、三人で楽しんでいるわけだ。娘たちも大人になり、そういうことがわかるようになってきたのだろう。

## 長女なら鉄棒をつくった父親の気持がわかる

あるとき、わたしは長女に机を買い与えることができなかったことを、ある新聞のコラムに書

いたことがある。しばらくして、読者と称する婦人からお叱りの電話をいただいた。

「娘さんが入学のときに机も買ってやらないなんて、それでもあなた父親ですか！」

「たぶん父親だと思いますよ」

わたしは、そう答えた。答えながら、

「あなたがたよりは、オレのほうがいい親であることには自信があるんだが……な」

と自分に言い聞かせていた。生活にゆとりができたためだろうか、世の中に、おせっかいなお母さんがそろそろ出現しつつあるときだった。この電話は、いまだに忘れることができない。

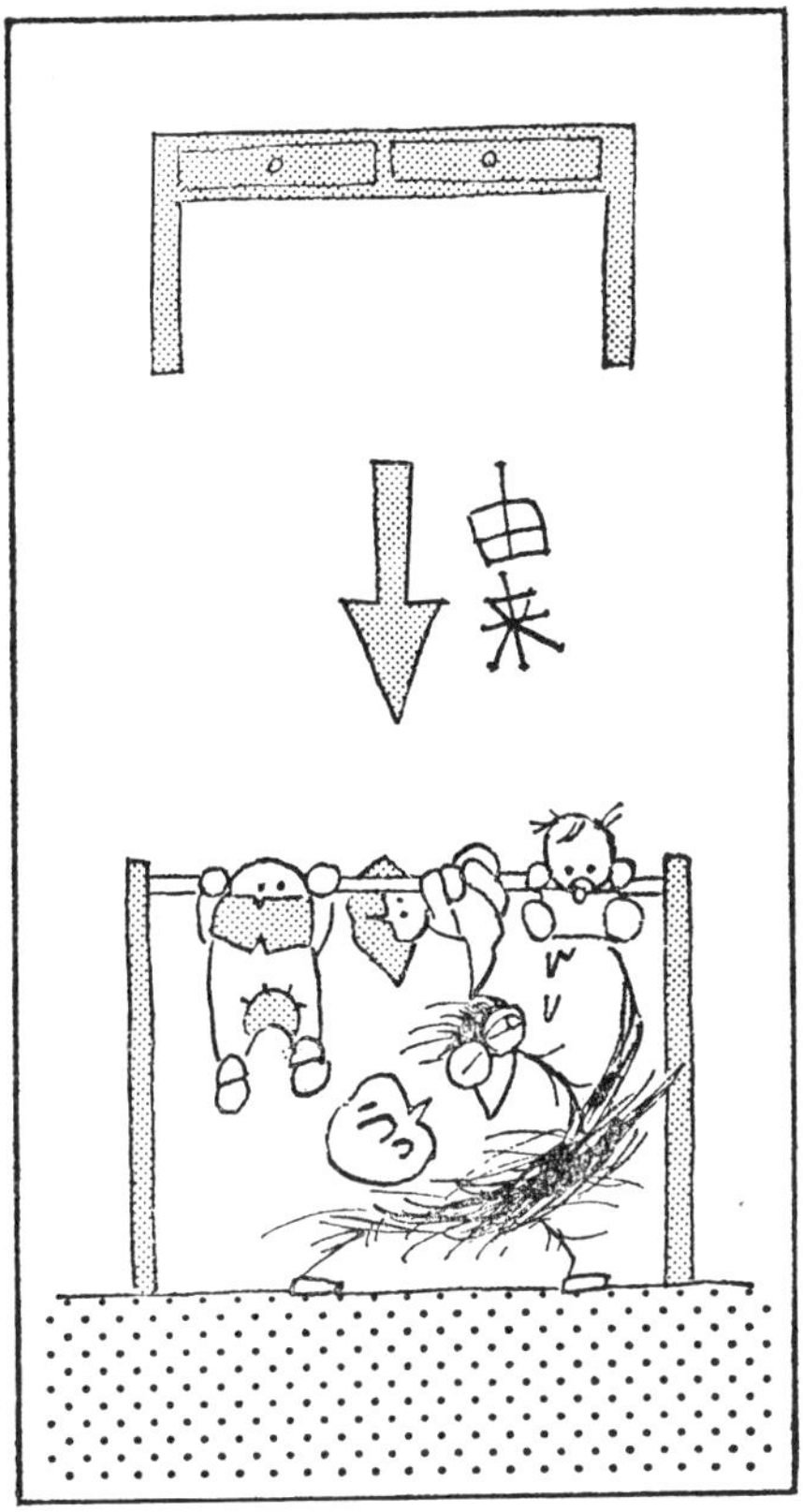


自己弁護をするわけではないが、当時、わたしは娘に机を買ってやれなかったことを悔やみ、机の代わりに庭に鉄棒をつくってやったものだ。これは、もしかしたら、長女のためというよりは、自分をなぐさめるためだったのかもしれない。と

にかく、庭に鉄棒をつくる思いつきは、わたしの心を浮きたたせた。

たまたま、わたしの実家が金物屋だったので、店に出入りしている職人さんに頼んで、それこそただみたいな値段で鉄棒を取りつけてもらったのである。

長女は「机」のことも忘れて、うれしそうに鉄棒で遊んでいた。次女も三女も、その鉄棒の由来など知ることもなく遊んでいた。

娘たちが大きくなった現在では、鉄棒で遊ぶ姿もない。せいぜいフトンを干すくらいにしか使いみちのないものになった。

わたしは長女に言った。

「あの鉄棒、ちょっと邪魔だな。取ってしまおうか」

長女はちょっと考えてから答えた。

「あのままにしておきたい」

いまではほとんど使いみちのない鉄棒が、ポツンと立っている。もし、わが家にも〝景観〟というものがあればの話だが、鉄棒はいまや景観を壊すだけの存在となっている。が、この鉄棒を眺めるたびに、わたしは長女に机を買ってやれなかった時代のことを、苦い気持で思い出す。

そんな鉄棒を、いや、そんな父親を、長女はどのように眺めているのだろうか。

# 長女の小学生時代——そのころ、お父さんは左遷された

## 父親を気づかう娘の気持①

当時の東京タイムズという会社は、かなりズルかった。上司はなにかにつけ、若い記者に耳うちをする。

「特ダネを書け。階級を上げてやるぞ。主事でも参事でも、肩書きを上げてやる」

しかし、

「給料を上げてやる」

というわけではない。

主事や参事になったところで、出張手当ぐらいは上がるかも知れないけれど、生活が楽になるわけではないし、すこしもありがたくない。そこで、わたしは、特ダネをモノにしたのを機会に、部長に言った。

「肩書きはいいから、そのぶん金でください」

そして、

「月給を一〇〇円上げてほしい」

と続けた。一〇〇円だから一年で一二〇〇円というわけではない。ボーナスや退職金にまで大きくはねかえってくる。そのくらいのことは、わたしはもちろん部長にもわかっている。部長はわたしを一瞥《べつ》して言った。

「主事とか参事になるのを、ありがたいと思わないのか」

「全然ありがたくない」

これで部長は怒った。

「小商人《こあきんど》の伜《せがれ》め、銭に汚い」

こんなこともあった。

わたしが経済部長だったときのことだ。

ある日、わたしが出社すると、部下がわたしの机に座っている。

「そこは、オレの席だぞ」

「先輩、すいませんけど、廊下に出て見てください。辞令が出てますよ」

廊下に出ると、彼のいうとおり、辞令が出ていた。そこで、わたしは部長の席を追われたことを知った。さらに、廊下には「東京タイムズ出版局に勤務するように」という貼り紙が出されていた。

それまで、東京タイムズに「出版局」というものはなかった。これは、新しい事業を開発するという目的で、出版の勉強をするために新たに設けられた東京タイムズの「分局」ということだった。

ところが、これはあくまでも名目だけで、その実体は、受験雑誌「螢雪時代」や「赤尾の豆単」でおなじみの、旺文社の子会社だった。

つまりこの部署は、東京タイムズの「出版局」であり、旺文社の「子会社」でもあるという、非常に中途半端な会社だった。場所も、東京タイムズがある新橋と旺文社がある牛込の中間にある麹町《こうじ》で、その成り立ちをじつによく象徴していた。

うだうだ言っていても仕方がないので、さっそく新しい仕事場に向かったが、部屋に入ったとたん、わたしの気持は萎《な》えた。

部屋のなかにはなにもないのだ。机一つ、イス一つなく、がらーんとしている。そのとき、直観的に、

「ああ、これは東京タイムズと旺文社の上層部の間で、急にまとまった話なんだな」

と思い、

「オレたちを東京タイムズから追い出すつもりなんだな」

と、漠然と感じていたものだ。

## 父親を気づかう娘の気持②

その日、わたしはちょっと酒を飲んだ。酔っていたこともあるが、帰宅してから初めて妻にボ

ヤいた。

「オレは左遷された。会社に行っても机がないんだ」

そのとき、妻のそばにいた小学校一年生の次女が、わたしの顔をのぞき込んで言った。

「わたしの机持っていっていいわ」

次女に机を買い与えるときに、

「お姉ちゃんが一年生のときには、机がなかったんだよ」

と言ってあったから、次女は次女なりに机はなくてもいいと思っていたのかもしれない。わたしは、

「ウン、ウン」

と首を振りながら、ジーンとなって、また酒を飲んだ。

旺文社は、当時、総評傘下の出版労協が活動を広げていこうとする拠点になっていた。だから、経営者と組合との関係は非常に不安定な状況だった。もし、話し合いがこじれ、組合がストに突入した場合、あの「螢雪時代」を中心とする旺文社の出版物が発行できないことになる。そのための対策として、われわれを引き抜きにかかったのだ。つまり、スト破りの会社だった。

一方、東京タイムズはどうか。これは退職金対策である。分局勤務のメンバー八人を見ると、全員が勤続一七、一八、一九年の連中ばかりだった。東京タイムズの就業規則では、勤続二〇年に達すると退職金が二倍になるのである。つまり、勤続二〇年を目の前にした社員たちを重点爆

撃したわけだ。だから辞めて分局へ勤めるようになるのは、部次長とか局次長などの役付きばかりである。

実をいうと、分局への辞令が出たとき、わたしは独立したかった。

当時は、すでに「週刊朝日」のコラムを担当していたから、なんとかなるだろうという自信めいたものもあった。その旨を上の人に言ったら、意外な返事だった。

「旺文社は、きみがいるから買うのだぞ」

つまり、分局の八人のメンバーのなかにわたしがいるから、旺文社もソノ気になったというわけだ。だから、わたしが抜けたら、この話は成立しないし、残りの七人は再就職先がない。「だから」というわけではなく、他にもいろいろな理由があったのだが、とにかくわたしは同僚たちのために分局に残らざるをえなかった。

ここまでは、わたしがあまりにカッコいいから信じられないという人もいるだろうが、事実だからしようがない。しかし、ここから先、わたしは非常にカッコ悪く振る舞うことになる。これもまた事実だからしようがない。

## お父さんにはツラい時期だったよ

わたしがいないと、この話は成立しないという情報は、わたしを必要以上に強気にした。

まず退職金だ。規則では、わたしたちは勤続二〇年未満だから、基本給×年数の一二割をもらえるはずである。しかし、会社はここでもキタナイ。再就職先（分局）を世話したのだから、一〇割でいいだろうと主張してきた。冗談じゃないと思った。わたしはもともと独立しようと決心していたのを、同僚たちとのからみもあって、分局に行くことになったのである。納得できないのは当然だった。

「自分の再就職先は自分で探す。とにかく一二割出せ」

と迫った。そして、最終的にはメンバー全員が、一二割の退職金で分局に移ることになる。

さらに旺文社に対しては、二つの条件を提示した。前にも述べた「週刊朝日」の連載記事の評判もよかったし、二足のワラジのうちの一足が売れはじめていた。だからというわけでもないが、

一、内職をさせること

一、全員をわたしと同じ待遇に引き上げること

いまから思えば、元祖「いいコブリッコ」の面目躍如である。ひとつは自分の都合のいいように、そしてもうひとつは自分の都合のいいことが仲間にねたまれないように、という配慮だった。そして、この二つの条件を承諾させた。

メンバー八人のなかでは、わたしがいちばん若かった。しかし、他は昨日までわたしの部下だった人たちである。それが、新しい会社、新しい経営者のもとで対等になったわけだ。

彼らはずっと屈折していたのだと思う。昨日までわたしを、

「部長」

と呼んでいたのに、その日から、

「おい、青木」

と呼びつけるようになった。これはまだいい。彼らの待遇を引き上げ、わたしと対等の立場にしたのはわたし自身である。

しかし、ちょっと驚いたのは、彼らがすぐに新しい経営者の意向に、唯々諾々と従ってしまったことだ。新しい経営者の本音を察して、わたしを攻撃しはじめたのである。つまり、

「おまえは内職をしているじゃないか」

というわけである。

わたしはタカをくくっていたのだ。彼らはいままでおとなしかったし、まちがっても、わたしに牙をむくとは思っていなかった。

仕方ないと思った。そういう状態になったのは、すべてわたし自身の「いいコブリッコ」が原因ではないか。わたしは、結局負けてしまったのだ。同僚に対しては、決していいコになっちゃいかん、と改めて思ったものである。

わたしの気持は冷めきっていた。そして、イザとなったら辞めたって、もう一足のワラジがあるんだと、真剣に考えるようになっていた。なにか「きっかけ」さえあれば……。

それからしばらくして、わたしはその会社を辞めた。そのきっかけとなったのは、長女の進学問題について、アレコレ文句を言われたからである。

## 長女の高校進学——オレの長女へ口出しは許さない

### 頭にカーッと血がのぼったよ

この旺文社の子会社の名称は「文泉」という。文泉では、旺文社のハードウェアからソフトウエアまで、ありとあらゆる事業を下請けしていた。「全国大学案内」「全国高校入試問題正解」「大学受験年鑑」、あるいは高校の先生のためのトラの巻、小学生の夏休みのカリキュラムの作成など、なかなか困難な仕事だった。

国語の問題など、作家の著作権がからんでくるし、さらに学年ごとのレベルに合わせて漢字を使ったり、使わなかったりしなければならない。また、その点も作家の了承を得なければならない。ものすごくわずらわしい。

さらに、旺文社で発行している辞書を対象に、校正ミスをひとつ見つけるといくらというようなセコい仕事もあった。

そのころ、長女は中学三年生で高校入試をひかえていた。

わたしがセコい仕事に懸命になっているとき、旺文社から来た上役がわたしの机に近づいてきた。

「きみのところには、高校進学をひかえている娘さんがいるそうだな」

「ええ、います」

「家庭教師をつけているか」

「いいえ」

「塾へやっているか」

「いいえ。わたしたちの給料で、子供に家庭教師をつけたり、塾へやったりする余裕なんてありませんよ」

　上役は急に高圧的な態度になった。

「きみ、それは困る」

「はあ?」

「どんなことがあっても、旺文社に勤めている社員の子供に浪人されては困る。うちは進学雑誌の会社なんだ。もしそんなことが世間に知れたら、うちのイメージダウンになるじゃないか。どんな手段をつかってもいいから、子供に浪人だけはさせないように」

　わたしだって、長女に浪人などさせたくない。しかし、そんなことは他人にいわれる筋合いのものではない。そんなことにまで会社の方針を押しつけられたのではどうしようもない。頭にカーッと血がのぼった。

「うるさい!　そんなことはオレが決めることだ」

これが文泉を辞めた原因のひとつだ。わたしには短気な面もあり、そのつど反省するのだが、そのときもすこしだけ「しまった」と思った。長女は進学を目の前にしているし、本音をいえば文泉からの収入を放棄することはかなり痛い。

だから、それから半年ほど、わたしは会社を辞めたことを妻には言い出せなかった。

## バカバカしい秘密の毎日だった

わたしはいつものように、同じ時間に家を出て、会社に行くフリをし、同じ時間に家に帰った。その間、わたしは映画を見たり、公園に行ったり、職業安定所のソファーでぼんやりと時間の経つのを待ったりした。

気持には余裕があった。わずかだが、退職金も残っているし、雇用保険（当時は失業保険といった）もある。それを分割して、一カ月分の給料として家に運んでいた。そして、一年間ぐらいはこのままでなんとかなると思っていた。しかし、そういう生活は苦痛である。

会社というのは、あるから行くけれど、ないと行けないものなのだナ――などと当たり前のことを考えて過ごす日が続いた。職業安定所のソファーも飽きたし、年寄りではないから朝から晩まで公園で寝ていてもしようがないし、映画館で時間をつぶすといっても、毎日では大変である。「週刊朝日」のサイドビジネス――わたしはインサイドビジネスといっていたけれども、これは生活の「従」である。「主」がないと、どうしても生活している気にならない。

文泉は朝一〇時から夕方六時までが就業時間だった。それに合わせて、八時半に家を出て七時半に戻るという日々が続いた。しかし、そんな習慣は日が経つにつれ、いい加減になる。八時半に出るのがバカバカしいのである。行くところがないのだから当たり前だ。

妻がだんだん怪しむようになる。

「会社に遅れますよ」

「いや、いいんだよ、今日は」

はじめは、こんな会話でごまかしていたのだが、そんな日が何日か続くと、会話さえわずらわしくなってくる。それで、ついに妻に白状した。

「オレ、会社辞めたんだ」

「えっ？　なぜ？」

そう言われても、ひと言では言えない。直接の理由は、長女の進学問題に口を出されたことだが、そのほかにも小さな理由がいくつかあった。前にも触れたが、仲間たちに攻撃されたこと、それに親会社と子会社の関係、旺文社の組合の問題とか、すこしずつ嫌気がさしてきていた。長女の進学問題以前に、これらの下敷きがあったのだ。

## 長女、高校合格、か——複雑だったぞ

妻に、「なぜ?」と聞かれて、わたしはちょっと考えた。そして、仲間たちに攻撃されたことや組合の関係……など、下敷きの部分だけを言った。

つまり、長女の進学問題については言わなかったのである。本当は、このことをいちばんに訴えたかった。

「長女の進学について、会社の上司とやり合ったんだ。たかが高校受験ぐらいで、家庭教師をつけたり、塾にやったりするのは大反対で、そんなことまで会社に管理されようとは思わない、なんて言ってしまったんだ」

と、口に出したら、どれほど楽になれるかとも思ったし、のどまで出かかっていた。

しかし、父親としてグッとがまんした。妻の行動が手にとるようにわかったからである。もし、わたしがそのことを妻に言ったら、妻は受験準備で懸命になっている長女に〝通報〟するにちがいない。

「あなたが原因で、お父さんは会社を辞めたのよ」

とか、

「あなたがちゃんと高校に入らないと、お父さんは会社を無駄に辞めたことになるのよ」

とか言って、である。

どこの家でもそうだろうと思うが、妻と長女は一心同体である。情が通じ合っている。だから、妻の耳に入った話は、その日のうちに長女の耳に伝わることになる。そこで、わたしは、

「オレが黙っていれば長女に伝わることもない」

と思ったのだ。

しばらくして長女の高校入試の発表があった。幸いなことに、長女は合格した。その晩、家族だけで集まって小さなパーティーを開いた。全員で乾杯の後、わたしはおもむろに口を開いた。

「実はお父さんが文泉を辞めた本当の理由は……」

しかし、長女は合格が本当にうれしかったのだろう。わたしの話など耳に入らない。次女と大声で笑い、三女とじゃれている。

わたしは、長女のうれしそうな顔を眺めながら、

「いまさらオレが会社を辞めた理由なんか……」

という気持になり、長女の合格を祝しつつ、黙々とビールを飲みつづけたのだ。複雑な気持だった。

# 長女、自立——自分の意志で決めるとき

## こんなところが「長女」だな

俗に、「父兄同伴」という。

「父兄」であろうが「母姉」であろうが、わたしは高校の入学式に親がついていくことなど反対のほうである。しかし、長女が入学した平沼高校の案内書には、

「父兄同伴のこと」

と書いてある。

どうしても「父兄同伴」というのが学校の決まりというのなら、そんなことは妻がやるべきだと思っていた。

しかし、長女の高校の入学式と、三女の小学校の入学式が同じ日に重なっていた。妻が両方の入学式に出るわけにはいかないので、わたしは長女の入学式に「同伴」することになった。

わたしが柄にもなくソノ気になったのは、もうひとつの理由がある。長女がこれから通うことになる平沼高校は、むかしの神奈川県立第一高女であり、ちょっとした思い出があるのだ。

わたしは、むかしの神奈川県立横浜第二中学校が高校となった翠嵐《すいらん》高校の卒業生なのだが、終

戦後、米軍の兵隊がパンパンを連れ込んで火遊びをしたためというケシカラン理由で、戦争中でもしぶとく焼け残った市内唯一の木造校舎が燃えてしまった。校舎を失ったわたしたちは、一時、平沼高校（第一高女）に同居することになる。

だから、この学校は短い期間だったが、わたしにとっても「学舎《まなびや》」といえばいえないこともなかったのだ。

とにかく長女の入学式に同伴したのだが、その結果は「いっしょに行ってよかった」と思った。それは、校長の訓辞が素晴らしかったからである。

「高校生になったからといって、気をゆるめてはいけない。いまの緊張感を一学期が終わるまで持ちつづけろ。そうすれば、あとはものすごく楽だ」

わたしは驚いてしまった。いまどき、高校の校長でこんな具体的で素晴らしいアドバイスをする人がいるのかと、胸にジーンときた。そうして、心の中で「イイゾ、イイゾ」と叫んでいたのである。

が、このあたりが親のバカなところで、親が「イイゾ」と思ったから、長女も「イイゾ」と思っていたわけではない。

事実、長女は校長の言葉など全然聴いていなかったのである。彼女は高校生になったうれしさで緊張感がゆるんでいた。当然のことながらすこしずつ成績が下がっていった。

「長女だな」

と思うのは、このことを次女や三女に、さも自慢げに教えるのである。

「おねえちゃんの成績が落ちたのはねえ、高校に入ったとたん、クタッとなっちゃってね、気がゆるんじゃったのね」

などと言っている。

## 長女「わたしには、それしかなかったのよ」①――進路の決定

子育てというのは、ホント、むずかしいと思う。

たとえば、どの親も子供に向かって「本を読め」と言う。ところが、実際は読まない。子供は「勉強で忙しい」なんて調子のいい理由をつけて、ダランとしてしまっている。

わたしが子供のころは――と、また昭和ヒトケタ生まれの悪い癖だが――家が金物屋だったから、家に帰って宿題などやっていると、父親に叱られたものだ。

「学校のことは学校でやれ」

「そんな暇があったら店の手伝いでもしろ」

そう言われると、陰に隠れてでも勉強するようになる。本なんかでも、父親の目を盗んで読む。これは楽しい。いまの子供たちは、しょっちゅう、

「本を読め」

と言われているから、親の目を盗んで本を読む楽しみを知らないでいる。だから、本を読まな

くなったのではないだろうか。

わたしは長女に言い聞かせた。

「いいか、一〇〇点というのは当たり前なんだぞ。テストってのは、勉強していれば誰だって一〇〇点とれるようにできているんだ。八〇点や七〇点じゃ恥ずかしいんだぞ」

とは言うものの、わたしは子供の成績表は見ないことになっている。ホントは隠れて見ているが、さも見ていないフリをしているのである。そして、娘たちに学校の成績ウンヌンについては一切言わない。もちろん、

「勉強しろ」

などと言ったこともない。

妻にも常々、

「オレのいる前で、娘たちに勉強しろとは言うな。オレは金物屋の伜《せがれ》だから、勉強しろと言われると腹が立つのだ」

と言っている。

商売において「勉強しろ」というのは、「値段をまけろ」という意味である。

値段をまける意味の〝勉強〟についてだが、こんな思い出がある。

わたしにもむかしは、子供の潔癖さがあったらしく、

「正札がついているのに、どうしてまけなきゃいけないんだ。それだったら正札なんかいらないじゃないか。なんで一〇〇円のものを一〇〇円で売らないで九〇円で売るのだ」

おやじやおふくろがそんなことをしているのを見ると腹が立ってきた。

「勉強しろ」

「へえ、勉強させてもらいます」

そんな姿を見ていたら、卑屈に思えたのだ。

だから、妻にも、

「勉強しろとは言うな。勉強という言葉を聞くと気分が悪くなるのだ」

と言ってはあるけれど、妻がわたしの陰に隠れて、娘たちに、

「勉強しろ」

と言っているのは目に見えている。女親というのは、馬鹿にしていうわけではないが、そんなものだ。

だから、わたしも妻の言動に合わせて、長女にそれらしきことを言ったことがある。

「お父さんの時代は楽だった。『大人になったら何になりたい？』と訊かれたら『陸軍大将』と答えておけばよかった。それで、まわりは納得した。そんなことを考えていなくても、そう言っておけばうれしがることはわかっていた。しかし、いまのおまえたちはきついと思う。自分で何になるか考えなくちゃいけないのだから」

さらに、続けてこう言った。

「この社会というのは競争社会なのだから、どんな形にしろ競争しなくちゃならない。それだったら負けるより勝ったほうがいいだろう」

その日はこれで終わったが、ある日、突然、長女の口から「理工系の大学に進学したい」と言ってきたのには、ビックリした。

あまりの唐突さに、

「なぜだ？」

と訊いたら、

「それしかなかった」

と答える。長女は長女なりにいろいろ考えたようだが、その理由のひとつは、前にも触れたが、わたしの生活を見ていて、文科系じゃ割に合わないと思ったのだろう。そして、もうひとつの理由は、わたしの言動によるところが大きいらしい。いわく、

「家政学部とか文学部なんてやめておけ」

わたしは、娘たちにいつもそう言っていた。

## 長女「わたしには、それしかなかったのよ」②――学部選び

わたしは文泉にいたとき、『全国大学案内』という本を編集した。短大を含めて、北は北海道から南は九州まで、日本全国の国立・公立・私立の大学を紹介しようという本である。

これが、ものすごく手間のかかる仕事なのだ。春休みが終わるころから、それぞれの大学にアンケート用紙を送り、それをもとに建学の方針やら募集人員やら試験科目やらを記すのだが、まずはアンケート用紙の回収がひと仕事だった。

それに、返されてきたアンケートの回答をそのまま載せるのも芸がない。何校かは目ぼしいところに出かけるなり、電話をかけるなりして、その大学の特徴や学生気質や学長の抱負などを取材する。

恥ずかしながら、これには、かつて新聞記者、それも社会部の記者だったときの経験が生きた。わたしの取材は、親会社から派遣された重役も呆れたくらい、しつこかったようだ。

それにしても、こんなふうに各大学の特徴を取材しているうちに、

「オレは、いったいなにをやっているんだろう?」

と首を傾《かし》げたのも事実だ。正直な話、わたしが、

「おたくの特徴は?」

ときいてまわった大学、とくに、家政科とか文科系が中心の大学のなかには、

「慶應義塾大学と姉妹校である」

「学習院大学と隣接している」

とか、

「学校の裏にはデートコースがあります」

とか、教育や学問にまったく関係のないことをしゃべって得々としている学長や学務部長やらが、大勢いらっしゃったのである。これでは、まるで水商売の客引きではないか。

ところが、理科系が中心の某大学はちょっとちがった。学長いわく、

「入るのは楽かもしれないけれども、出るのがむずかしいのが、うちの学校です。試験の成績の悪いものは絶対に卒業させません。これが教育方針です」

そんな取材をしたことがあるので、わたしは家に帰っても娘たちに、

「どんなことがあっても、文学部と家政学部にはやらん」

と宣言したことがあったのだ。

それが、長女の気持のなかに残っていて、理工系を選ばざるをえなくなったのではないか。もしかしたら、わたしは知らず知らずのうちに長女を追いつめていたのかもしれない。

わたしは、いまだにそのときの長女の言葉が忘れられないのである。

「わたしには、それしかなかったのよ」

その言葉を思い出すたびに、わたしは、

「ちぇ、ナマイキ言ってやがら」

と、自分に言い聞かせる。そうして、いつのまにか苦笑しているのだ。

## 長女、社会人——妹にアドバイスかい？　成長だね！

### 長女よ、大学へは行かせてくださいと言うものだ

ちかごろは四年制の大学離れがウンヌンされ、同時に、短大への志願者が増えつづける傾向にあるそうだ。共通一次の導入で、入試がむずかしくなった四年制の私立大学から志願者が短大に流れてきたことや、女子の進学率の高まりなどが主な原因——と新聞は報じている。

「ハテサテ、そんなものかなあ」

というのが、わたしの偽らざる感想だが、そういう学校へ行くにも、当節の娘たちは親に向かって、

「学校へ行ってやる」

と、恩着せがましいことを言っているらしい。

ところで、わたしは子供たちが親に向かって、

「学校へ行ってやるから……」

と言っているのを聞くたびに、モーレツに腹を立てている者の一人だ。

義務教育ならイザ知らず、大学なり、短大なり、あるいは高校なりに行くのに「学校へ行ってやるから……」という言い草は、なんだ?

ここは謙虚に、

「学校へ行かせてください」

と言うべきが本当なのに、なぜか当節の子供たちは、

「学校へ行ってやる」

とエラそうに言う。そうして、そのことに、親たちがなんの疑問も抱いていないのが、わたしにはフシギだ。


バカな子供たちが「学校へ行ってやる」とホザくようになったウラには、子供たちに向かって「学校へ行ってちょうだい」と哀願する親がいるのだろう。


親がそんなことを言うものだから、子供もその気になって、

「じゃ、学校に入ったら、クルマ買ってよ」

などと平気でいう。


子供たちが勝手に上の学校に行くのに、なぜ親たちが手を合わさんばかりにして「どうか学校へ行ってちょうだい」などと言うのか?

そうして、俗にいう「一流大学」に受かろうものなら、さも親孝行してもらったみたいに言

う。わたしには、どうにも、これが解《げ》せない。

わたしたちは、親に対して、

「学校へ行かせてもらった」

と言ったものだ。それが、親になってみると、子供たちに、

「学校へ行ってやる」

と言われるのだから、ホントにわからない。

## 長女に宣言――一八歳になったら家を出ろ

ご存じかどうか知らないが、マイ・シューヴァルとペール・ヴァールーの警察小説『消えた消防車』（高見浩訳、角川文庫）の一節から、父娘のやりとりを紹介させていただく。

ストックホルム警視庁殺人課チーフのマルティン・ベックは、事件の捜査が暗礁に乗り上げたとき、一七歳になった娘のイングリッドに「家を出て、一人で暮らしなさい」と言われたのである。

実はマルティン・ベックは妻との間がうまくいってなかった。それを察した娘のイングリッドが父親を慰めるのである。

《日曜日の昼さがり、マルティン・ベックはちょっとした拍子にキチンでイングリッドと二人き

りになる機会を持った。二人はこれまで数えきれない歳月、数えきれない朝、何度となくいっしょにココアを飲んだプラスチック塗装のテーブルをはさんですわっていた。不意にイングリッドが手をのばして、彼の手の上に重ねた。数秒はそうして沈黙していたろうか。やがて彼女はごくっと唾を呑みこむと口を開いた。

「こんなこと余計なお世話かもしれないけど、でも一度だけだから言わせて。どうしてパパもあたしと同じことしないの？　家を出て一人で暮らさないの？」》

ヨーロッパでは、一八歳になって家を出ていくのは当たり前なのだ。一八歳になれば自分の責任で生活していく。

娘たちにヨーロッパ流のハイカラな教育をさせようとは思わないし、自慢じゃないが、わたしには確固たる教育方針なんぞ、これっぽっちもない。しかし、一八歳になったら、親から独立して一人で生きてゆくのは、よいことだと確信している。


そこで、長女に宣言した。長女が一六歳のときだ。

「一八歳になったら家を出ていってもらうからな」

すると、長女はキョトンとした顔でわたしにたずねた。

「一八歳のとき、学生だったらどうするの？」

「学生だったら仕方がない。学生の間は面倒をみてやろう」

「じゃ、できるだけ長く学生でいたほうがトクなのね」

そう言いながら、ニコニコしている。わたしの意気込みなど屁とも思っていない様子である。

一瞬、言葉に詰まったが、

「家を出るか、大学へ行くか、それはおまえが決めることだ。ただ、親のほうから『大学に行ってちょうだい』とは言わんぞ」

さらに、

「大学に行くにしても、浪人は絶対に認めないからな」

と言っておいた。

長女が大学に行く気になったのは、

「独立か、大学か」

という選択を迫られたからにちがいない。

長女はもとより、次女、三女にも宣言してある。

「おまえたちが大学に行きたいなら行かせてやろう。しかし、浪人は絶対認めない」

もともと一八歳で独立するのが当然なのだ。そんなことも忘れてしまって、当たり前の顔で浪人されたのでは、親はたまらないと思う。

さらに経済的な事情もある。娘たちが浪人生活を送れるほど、わが家は経済的な余裕があるわけでもない。チャンスは一度だ。

## 長女をひと晩泣かせてみたら——だから長女①

長女の場合、親から言うのは少々つらいが、高校時代、それほど優秀な生徒ではなかった。大学入試で長女は三校を受験したが、すべて補欠だった。これが長女の自尊心をグサリとつき、傷つけた。

しかも、私立大学のエラい人たちの考えることはズルいのだ。募集人員の三倍ぐらいの人数を補欠として採用する。大半が国立、公立の学校にくら替えするのを見こしての処置である。しかも、補欠だからと入学金や寄付金をべらぼうに高くする。

案の定、補欠だった長女に、高額の入学金、寄付金を請求する通知が来た。

「補欠でもいいから、第一志望の学校の手続きをしろ」

わたしは強い口調で言った。しかし、長女はスネた。

「補欠で、しかも規定より高い金を払って入るなんて、絶対に嫌だ。浪人させて。わたしは補欠で入りたくない」

長女は、自分が試験に落ちたことは棚に上げ「補欠で入りたくない」と理屈を並べている。たしかに長女の言っていることはわからないでもない。補欠で入るのは悔やしいだろうと思う。

しかし、わたしは言った。

「黙れ。こんなくだらないことで親が心配するのは、おまえが試験に落ちたからだ。おまえが黙って合格点に到達していれば、なんの問題もなかったはずじゃないか」

「いやだ、浪人したい」

長女の意志は強い。自尊心も強い。長女の長女たるゆえんだ。

しかし、人間なんてのは、とくに長女なんてのは、けっしてバカにして言うわけじゃないが、ひと晩泣いてしまえばほとぼりが冷めるものだ。泣き声は大きければ大きいほどよろしい。

金銭のことを言ったらいやらしいかもしれないが、一年間、無駄飯を食わせるよりは、たとえ補欠であっても、たとえ法外の金額であっても、学校が請求してきた入学金を払ったほうがはるかに安い――と、わたしは踏んだ。たとえは悪いかもしれないが、浪人生がいると、その家庭の生活は、病人を一人かかえているのと同じくらい厳しくなると思う。

それで、ひと晩泣かせた後、

「学校に行きたい」

と言わせた。

はっきり言えば、子供というのはズルい。

なんとかして、親に、

「わたしは学校へ行ってやるんだ」

というところを見せたい。親に言われたから仕方なく行ってやるんだ、というところを見せたいのである。

親が「行かなくてもいい」と言ったら、親が行かなくてもいいと言ったから行かないという態度をとる。

親が「行け」と言ったら、行きたくないんだけれども親の命令だから行ってやるんだという態度をとる。

判断は親にまかせて、自分は正当な立場であれこれ文句を言いたいのである。

しかし、長女がどんな態度をとろうと、しょせんは子供の知恵だ。それくらいのことは、このわたしも見破っていた。

長女は「行く」にしても「行かない」にしても、もったいぶるわけだ。どちらにしても、自分自身では道を選ばない。大事なところに立たされると、親に責任を押しつける。長女にとっては、おそらく、生まれて初めて選択する立場になったのだろう。ワーワー泣いた次の日に、

「行かせてください」

と言ったから、

「よし、行かせてやろう」

と答えた。こんどは、わたしのほうがもったいぶったのである。

## ハハハ、もう忘れている——だから長女②

しかし、これも四年前の話だ。長女はこの三月（一九八三年）に大学を卒業した。学部で四番

という成績だったという。上出来である。最初はドタバタしたが、最後は長女なりにうまく締めたと思う。この成績ならば、大学院に無条件で入れる資格がある。

だから、大学院に進むと思っていたが、長女は、

「早く独立したい」

と言い、その権利を行使しなかった。現在はコンピュータ会社に就職している。

そして、最近は妹にアドバイスするほどの余裕をみせている。

「たとえ補欠で入っても、努力しだいで四番になれるのよ」

このように、長女はすぐにお姉ちゃんぶる。これを聞いて、わたしは大笑いしてしまった。

「バカなことを言うな。さんざん泣きやがったくせに」

長女は自分に都合の悪いことは、すぐに忘れてしまう。これも、長女の長女たるゆえんだろうか。

# 第2章
# 長女父親本線に霧深し

## 長女は浮気の監視役〈杉田かおるさんの場合〉

### 長女の父親に対する鋭い勘①

「読売新聞」の読者投稿欄に掲載された記事から紹介しよう。

だいぶ以前の記事なので、細かい内容は忘れてしまったが、おおまかには、次のようなものである。

その日、少年は目的もなく町に出て、ブラブラと時間をつぶしていた。期末試験が終わった解放感で気分が高揚していたのである。

そのとき、少年は素敵なレストランを見つける。少年は入ってみたい衝動にかられた。さらに「こんな素敵なレストランで食事をする人っていうのはどういう人だろうか」という別の好奇心も湧いてきた。

少年はフラリとそのレストランに入りテーブルに着く。そしてフッと顔を上げると、向かいのテーブルに素晴らしくきれいな女性が座っている。しかも、人を待っている風情である。少年の好奇心はますます強くなる。「こんな素晴らしい女性を待たせているのは、いったいどんな人なんだろうか」と思い、それとなく観察していた。

しばらくして中年の男がトコトコと現われた。その男を見て、少年はびっくりして飛び上がった。なんと、少年の父親だったのである。

少年には考えられないことだった。父親のイメージは、日曜日になれば縁側で一日中つり竿を掃除し、母からも妹からも粗大ゴミ扱いされているオヤジだ……。そんな父が、家族が知らないところでは、こんな素晴らしい生活をもっている。少年は感動し、父親を見直した。

少年は父親に気づかれないようにそっと店を出て、歩きながら心に誓ったのである。

「これは、ぼくの胸のなかにしまっておこう。絶対に母にも妹にも言うまい。妹なんかに言ったら、ギャーギャー騒いで『お父さん不潔』なんて言うに決まっている。ぼくだけの秘密だ」

この投稿記事を読んだとき、わたしは、息子をもっていない父親としてうらやましくてならなかった。この少年の心情に拍手を送りたいやら、こういう男の子をもった父親がうらやましいやらで、複雑な気分になったものだ。これが長女だったら、こうはいくまい。

そして、この話で思い出すのが、女優の杉田かおるさんである。

## 長女の父親に対する鋭い勘②

杉田かおるさんは、若手ではトップクラスの女優だと思う。テレビドラマでは『池中玄太80キロ』で、男やもめの西田敏行といっしょに暮らしていく三人姉妹の長女役で、また映画では『青春の門』の織江の役で評判になった。これからも大きく伸びていってもらいたいし、その素質も十分にもっている女優さんである。

ちなみに、彼女自身は、ひとりっ子の長女だ。

インタビューの仕事で、わたしが彼女に会ったとき、彼女は一七歳だった。わたしの顔を見るなり、

「わたしのお父さんも、青木さんとちょうど同じぐらいの歳です」

と言う。それで、インタビューも「お父さん」のことから始まった。わたしがお父さんのことをいろいろたずねると、

「不動産会社の社長でした」

と言い、さらに、

「一〇年前に、父と母は離婚しました」

と言い、また、

「その原因はわたしだったんです」

とも言った。

離婚の原因は、父親に別の女性がいたことなのだが、その現場を見つけたのが、実は杉田かおるさん自身だった。

簡単に言えば、次のとおりである。

小学校一年生のとき、学校からの帰り道に、彼女は喫茶店の前に父親の車が停まっているのを

見つけた。そのとき、なぜか彼女はピーンときた。

「お父さんは浮気をしている……」

そして、家に向かって走った。そのとき、彼女は「父をとられてしまう」と思い込んでしまったらしい。彼女は家に帰ると、さっそく母親に告げた。

「お母さーん、お父さんが別の女性と喫茶店で……」

これが、お父さんの浮気の発覚だった。

その話を聞いて、わたしは彼女に、

「もしかしたら、お母さんはお父さんの浮気を知っていたのかもしれない。見て見ぬフリをしていたのかもしれないよ」

と言ってみた。彼女にとっては、思いもよらぬ言葉だったのだろう。びっくりして目をパチクリさせて、しばらく考えてから、

「うーん、そうかもしれない。わたしは、軽率なことをしてしまったのかもしれない」

と答えている。

わたしがここで言いたいことは、

「彼女の行動が軽率だった」

とか、

「御両親が離婚している」

ということではない。

つまり、娘の父親に対する勘が、いかに鋭いか、ということを言いたいのである。

先ほど紹介した投稿少年に比べてみても、一目瞭然である。インタビューのなかで、わたしは、たまたま、

「お母さんは、見て見ぬフリをしていたのではないか」

と言ったけれども、それは、わたしの想像でしかない。実際は、お母さんは知らなかったかもしれない。

だとしたら、彼女のお母さんより早くお父さんの浮気を察知したことになる。しかも、彼女自身は浮気の〝現場〟を見ていない。

「喫茶店の前にお父さんの車が停まっている」

彼女が見たものは、これだけである。これだけで、彼女は「お父さんは喫茶店で女性と会っている。その女性は浮気の相手である」と見抜くのだ。

娘の父親に対する勘が、いかに鋭いかがわかっていただけると思う。ここまでくれば「驚き」を通り越して「恐怖」である。

## 長女は浮気を許さない

さらに、この話は、

「妻ならば浮気を許すかもしれないが、娘だったら許さないのではないか」

という、世の父親族の漠然とした不安にも答えていると思う。

わたしも、浮気したいと思うことは、しょっちゅうあるのだが、そのたびに浮気がバレたときの家族の反応を想像してみるのである。ほとんど条件反射だ。

「かりに浮気がバレたって、女房は、まあ、なんとか説得できるナ。しかし、娘たちはどうしよう。アイツらはなにを言っても許してくれそうもない。オレとは口もきいてくれないだろうナ。一生、オレを許さないだろうナ」

これは、わたしだけの不安ではあるまい。下心をもっている父親たちにとっては、ごくふつうの悩みだろう。

杉田かおるさんの行動は、世の父親たちの不安に鮮明に答えていると思う。

娘たちは、父親の監視役なのかもしれない。浮気がバレたときの情況を想像すれば、妻よりも娘たちのほうがずっと怖い。

とくに、わが家では、長女がいちばん怖い。最年長者ということもあるだろうが、「無言の圧力」とでもいうのだろうか、それとなくアンテナを張りめぐらせているようで不気味である。妻や、次女、三女なら見逃しそうなことでも、長女ならピーンと察知しそうだ。

わたしは、いまだに浮気に対して臆病なのだが、これは長女の存在が大きく影響している。長女の目が怖くて、浮気なんぞ軽々しくできないのだ。

これは、わたしに限ったことではないだろう。一般の家庭でも、長女は父親の監視役となっているにちがいない。

もちろん、彼女には「父親の監視役」という意識はないだろうが、父親の目には監視役に映る。父親の意識過剰だろうか。

杉田かおるさんの御両親は、わりとさばけた離婚の方法をとっているらしい。

杉田さんは、母親と暮らしているのだが、父親が月一回、定期的に娘を訪ねてくるそうである。そして、杉田さんの部屋を掃除して帰っていくらしい。

「その間、お母さんはなにをしてるの？」

と訊いたら、

「一人でビールを飲んでいる」

と言って、クスッと笑った。

杉田かおるさんは、六歳のときからテレビで活躍していたし、七歳のときには御両親が離婚している。以後、自分で自分の行動を決断しなければならなかった。高校を選ぶのも、女優という職業を選ぶのも、すべて自分一人の判断で行動してきた。

そういう彼女を健気《けなげ》に思うし、立派だと思う。だからこそ、わたしは彼女に、本当に、いい女優になってもらいたいと願うのである。

それにしても、油断ならないのは長女の勘である。

## 長女が目覚めた〈山口百恵さんの場合〉

### 「百恵・長女」は家庭を大切にするタイプ

タレントのなかで、長女としていちばん強烈な印象を与えてくれるのは、わたしにとっては山口（三浦）百恵さんである。

彼女の父親は、彼女がまだ幼いころ、家庭を捨てた人だという。父親に対する彼女の気持がいかほどのものなのか、わたしにはわからない。

ただ、そういう家庭に育っただけに、きちんとした家庭をつくりたいという願望はものすごく強い。週刊誌などは、

「すぐに離婚するだろう」

という記事を載せているけれど、わたし自身が実際に会った印象でいえば、彼女は家庭を非常に大切にするタイプで、離婚はまずあるまい、と思う。

そうはいっても、どうせ人間のやることだから、まちがいもあるかもしれないが、もし破綻をきたすとすれば、

「家庭を大切にしすぎるため」

という、なんとも不条理な理由によってだろう。

彼女の人生には「父親が家庭を捨てた」という事実が大きく影響していると思われる。

## 妹から〝教育ねえちゃん〟と呼ばれていた

わたしが初めてインタビューしたときも、百恵さんは、

「きみはお父さんがいないんだって？」

という質問にうなずき、

「どうしたの？」

という質問に、

「わたしがちいさいときに、母と別れたんです」

と答えたきり、頑《かたく》なに父親のことを語ろうとはしなかった。

「どんなお父さん？」

「……」

「お父さんと会いたくない？」

「……」

そこで、わたしは、

「お母さん孝行なんだって？」

というふうに話題を変えてみた。とたんに、百恵さんは生き生きとしゃべり出したのである。

「はい。わたしは母を信頼してますし、母もわたしを信頼してくれていますから……」

「それから、妹さんをずいぶんと可愛がるそうじゃない？」

「可愛がるというより、わたし、しつこいんです。勉強のことで、わからないことを質問されると、妹がわかるまで説明しちゃう。そのうちに妹のほうが痺《しび》れをきらしちゃって、教育ママより意地悪な〝教育ねえちゃん〟だって……」

そして、

「お母さんは妹には甘いけれども、わたしは妹にはきついんですよね」

と笑ったものだ。

「妹さんも歌手になるのかな？」

「いいえ、妹は歌手になるのはイヤだって言ってます。妹は妹で、自分の好きな道を見つけるんじゃないですか」

「君が芸能界に入ったのは、なぜ？」

「ちっちゃいときから憧れてましたから……。わたし、歌が好きなんです」

「芸能界に入って、スターになって、いつの日か、自分たちを捨てたお父さんを見返してやろうと……」

そう言うと、

「いえ、そんなこと……」

とつぶやいたきり、また百恵さんは口を閉ざした。わたしもかなりしつこいインタビュー屋だが、百恵さんの意志の強さには負けた。百恵さんが自分の結婚式に、そのころ消息のわかったお父さんを呼ばなかったことは、ご存じのとおりである。

## 長女は家族に対する責任意識が強烈だ

同じ俳優の三浦友和君との結婚生活についても、失礼は承知で彼女の心中を想像すると、

「お母さんは運わるくきちんとした家庭をもつことができなかった。もし自分が離婚などしてしまえば、世間から〝やっぱりあの母親の子だ〟と言われてしまうのではないだろうか」

という気持が非常に強いのではなかろうか。つねにそんなカセがまとわりついているように、わたしには思われる。

また、三浦友和君は、百恵さんの欲求に応えていけるだけの、素晴らしい青年だ。

彼と会ったのは、まったく偶然だった。市川崑監督にインタビューするために、東宝の撮影所で待っていたら、彼はわたしの前に来て、直立不動になり、頭を下げ、

「こんにちは」

とあいさつして仕事場に入って行ったのだ。わたしが山口百恵さんにインタビューしたのは、それより数カ月前だったから、百恵さんからわたしのことを聞いていたのかもしれない。

それはともかく、わたしにあいさつして去っていった彼のさわやかな印象は、女性ばかりでなく、ちょっとくだびれた中年男をもとりこにしてしまう。

また、彼の父親は教育者である。言葉は悪いが、たぶん典型的な模範亭主に育てられていると推察できる。実際に会ってみても「いい家の子だな」と感じられる青年だ。「いい家」というのは、もちろん「お金持ちの家」という意味ではなく「きちんとした家庭」ということだ。

山口百恵さんが、自分の意志でそういう男性を選んだということ自体、百恵さんの心のすべてである、とわたしは考える。つまり、きちんとした家庭への憧れである。

百恵さんは、歌手としてデビューする前は、新聞配達などのアルバイトで家計を助けていたらしい。そういう体験をしながら、長女として、母親と妹の面倒をみる責任感がめばえていったのかもしれない。そして二〇歳にして、すくなくとも経済的には、その責任を果たしたと思われる。

先ほど紹介したインタビューのなかでも、

「妹はわたしを〝教育ねえちゃん〟と呼んでいます」

と言い、続けて、

「お母さんは妹に甘いけれども、わたしはきついですよ」

と答えているが、こういうところにも、長女としての意識が強いし、妹に対しては父親がわりの気持もあるのかもしれない。家族に対しての過剰なまでの責任感は、長女の典型といってもいいのではないだろうか。

## 長女、家柄と勝負す〈勅使河原霞さんの場合〉

### 後継者としての長女の生き方

長女の役割ということであれば、超ヘビー級の役割を担って生まれてくる長女がいる。華道などの家元制度のなかで、家元の後継者としての役割を担う長女である。

このタイプの長女で印象が強烈なのは、すでに亡くなったけれども、草月流の勅使河原霞《てしがわらかすみ》さん、それに現在活躍中である安達式挿花の安達瞳子《あだちとうこ》さんの二人だ。

このお二人は、父親（家元）の志を受け継ぎ、将来は家元として組織のトップになる立場の人として、娘時代をおくった。ところが、おもしろいことに、お二人とも家元の長女としての役割を捨てている。つまり、父親の志を継がず、自分の意志で組織を飛び出している。

### 父親の意志に反撥する長女

勅使河原霞さんは自分の家庭教師だった男性と結婚している。その男性は家庭教師という形で勅使河原家に入ってきているが、霞さんが外部の男性と接触するのは、その男性がほとんど初めてだったのだろう。霞さんは彼に一途になってしまった。

この結婚は、家元であり、父親でもある蒼風《そうふう》にとっては大反対である。もちろん、霞さんが次の草月流家元と決まっていたからだ。

それに、この男性には妻子があった。妻子ある男性との恋愛である。一般の家庭においても、反対するのがふつうであろう。

ところが、この男性は奥さんと離婚し、強引に霞さんと結婚してしまう。親が許さない結婚だった。

蒼風は、

「掌中の珠《たま》を失った」

と怒ったり、あきらめたり、だいぶ週刊誌を騒がせたと記憶する。

しかし、二〇年後、その男性は、霞さんの秘書と恋愛関係に入る。それが原因で、霞さんは、その男性と離婚する——という軌跡をたどる。

離婚を決意したとき、霞さんは父親の蒼風に、

「わたし、離婚したいと思う」

と電話したらしい。そのときの蒼風の反応は、霞さんの言葉によれば「躍り上がってよろこんだ」そうである。また「娘が帰ってくるのを知って、ひと晩中、眠れなかった」らしく、さらに

「あちこちに『俺の娘が帰ってくる』と電話をかけた」そうである。蒼風のよろこびが手にとるようにわかるエピソードだ。これは、わたしが霞さんから直接聞いた話だから、まちがいない。

このインタビューで霞さんの言わんとしたことは、実は、

「父親の愛とは、娘にはこんなにも甘いもの」

ということらしかった。蒼風という人間が、どんなに父性愛に満ちていたかを、エピソードとして話してくれたのである。この時点では、霞さんは、蒼風を父親として誇らしく思っていたのだろう。

わたしは質問した。

「ちょっと待ってください。それは本当に父性愛でしょうか」

霞さんはキョトンとしていた。続けて、

「ほんとうに父親なら、娘に幸せな結婚を望むものではないですか。あなたの離婚に躍り上がらんばかりによろこぶ父親というのは、ちょっとおかしいのではないですか。腹を立てるならまだしも、よろこぶなんて異常な気もする。それは父性愛ではないのではないか」

というわたしの言葉に、霞さんはじっと考えてしまった。

このあたりのことは、おおげさに言うなら、本邦初公開である。ある雑誌のインタビューで訊いたものだが、霞さんは、掲載を許可してくれたものの、やはり草月の組織からクレームがつき、削られてしまった部分である。

## 長女が父親の思惑を見抜くとき

わたしはインタビューでズケズケ言ったことが気がかりだったが、しばらくして霞さんはわたしがホストをつとめていた横浜のテレビ局に遊びに来てくれたから、霞さんにとっても悪い印象ではなかったと確信している。そして、そのとき、霞さんは、

「ひょっとすると、父にとって、わたしは娘として大切というよりは、勅使河原蒼風の後継者として大切だったのかもしれない」

と言っているのだ。この考え方の変化は、霞さんが生前、親しいお弟子さんにあてた手紙にも書いてあるという。

家元制度のなかでの父親の長女への父性愛というのは、どうしても歪んでしまうものらしい。ふつうの父親なら当然もっているはずの「無償の愛情」がありえない社会なのだろう。それを証明するかのような蒼風のエピソードもある。霞さんの言葉によれば、

「蒼風は、自分の華の道を守ってゆくために、千宗室氏と自分との結婚を画策していた」

ということだ。また、霞さんは、

「わたしは娘ではなくて、蒼風という一人の男に生けられている花かもしれませんね。でも、それでもいいんです」

と語っていた。そのとき、霞さんもまた、父・蒼風を父親ではなく、一人の男として見るようになっていたのではなかろうか。

霞さんが一〇歳ぐらいのときのエピソードである。蒼風の稽古場へ行ったとき、蒼風から、

「月謝を払え」

と言われたことがあるそうだ。そのとき小学生だった霞さんは、

「なんてケチな親だろう」

と思ったそうだが、のちになって考えてみると、

「月謝を払って入れば、よその教室に入ったような気分になる」

ということに思い当たる。蒼風は、稽古中は、父と娘の甘えを遮断しようとしたのだろう。このように、霞さんに帝王学ならぬ、華道の上の女王学を教えていたのかもしれない。

## 長女、父親と対決す〈安達曈子さんの場合〉

### 「家元の最高傑作」と呼ばれた長女

長女の重みということであれば、勅使河原霞さんに匹敵するのが安達曈子さんである。もちろん、華のことは、父の潮花《ちょうか》に教えられた。

曈子さんは素晴らしい女性である。どれほど素晴らしいかといえば、

「潮花の最高傑作は瞳子だ」

と言われたくらいだった。

彼女は、潮花に「花を生けるときは花に詫《わ》びなさい」と教えられ、潮花の跡を継ぐ人として生きてきた。もちろん、彼女自身、そのつもりでいた。

ところが、彼女が華の道を極めるにつれ、意見の対立をみるようになる。たとえば、彼女の生けたいものは、桜だったり、ひまわりだったりする。もちろん安達式挿花には、そのような「道」はない。しかし、彼女は自分の「道」をめざして、安達式挿花の枠を越えて精進した。

潮花と瞳子は、それぞれの考えで、それぞれの華道を追求したのだが、その結果、二人とも相手を敵と思いこむようになる。それで、潮花は瞳子を破門してしまう。

潮花が亡くなってから、瞳子は安達式挿花の家元あずかりという状態になっているが、破門されたときに感じたことは「家元の重み」ということだったらしい。昨日まではかわいい娘だったのに、意見が合わないという理由で敵扱いする。瞳子さんは潮花について、

「娘よりも華道を大切にしていたことがよくわかりました」

という感想をもらしている。

## 別れ――長女が「桜を生けた」とき

瞳子さんには兄が二人いるが、彼女は長女である。潮花が五一歳のときに生まれた。それだけ

に、潮花は宝物を掘りあてたようなよろこびようだったらしい。

名前をつけるにあたっては、一〇〇以上の候補のなかから選び出すという凝りようだった。その結果、つけられたのが、この「瞳子」だ。

瞳子――日へんに童《わらべ》と書く。太陽の子である。この名前には、

「太陽の童のように健やかで、人に愛される子供であれ」

という潮花の思いが込められている。

瞳子さんが一八歳のとき、潮花は病に倒れた。病床で潮花は子供たち三人を枕元に呼び、

「瞳子を二代目の家元とする」

と宣言する。二人の兄は、そんな父親に反逆して家を出た。

それからの一〇年間、瞳子さんは徹底的に潮花に華の道を仕込まれる。それは、華だけではなくて、日常の立居振舞にも及んでいた。潮花の行くところ、かならず瞳子さんの姿があり、無責任な週刊誌などは、

「安達瞳子は、二〇歳を過ぎても父と入浴している」

と書いたほどだ。

そんな潮花を、瞳子さんは裏切るのである。二八歳のときだ。前にも触れたように、瞳子さんが、

「桜を生けてみよう」

と考えたことが決定的だった。それまで椿《つばき》を安達式挿花のシンボルとしてきた潮花は烈火のごとく怒り、破門を申しつけた。

「とたんに父は敵にまわったんです。家元を守ることしか考えない、そんな父のなかに男の冷酷さを見ました」

そう語ってくれた瞳子さんだったが、独立して家を出るとき、父親の潮花はふたたび病床に伏しており、廊下に正座した瞳子さんは、どうしても「サヨナラ」とは言えずに、

「行ってまいります」

と言葉をかけたそうだ。潮花は出て行く娘に、黙って現金一〇〇万円の入った封筒を手渡したらしい。

それが、父と娘の永遠の別れだった。その年、潮花は胃ガンのために、この世を去った。

## 父親がわりに生きた長女〈向田邦子さんの場合〉

### 「向田・長女」の父親像①

「長女」というものを語る場合に、シナリオ・ライターでエッセイストで小説家の、いまは亡き

向田邦子《むこうだくにこ》さんの存在を忘れるわけにはいかない。なぜなら、わたしが思うに、向田さんの文学は、それこそ、

「長女の文学」

というべきものではないかと思うからだ。

――向田邦子さんは、一九二九年（昭和四年）一一月、東京都世田谷区若林に生まれた。そのとき、父・敏雄氏は保険会社のサラリーマンだった。勤めながら、夜間の商業学校に通うなど、典型的な苦労人タイプだ。

そんな狷介《けんかい》な敏雄氏を支えたのは、妻のせいさんである。敏雄氏とせいさんの結婚のいきさつは定かでないが、当時のことだから、お見合いであろう。正直な話、せいさんが敏雄氏に従順でなかったら、果たして敏雄氏は向田邦子描くところの頑固一徹さを通すことができたかどうかは、わかるまい。

向田さんのエッセイは、

「長女からみた父親を描くことで成り立っている」

といっていいくらい、お父さんの敏雄氏がひんぱんに登場する。そのなかでも、長女と父親の関係を最も端的に描いてみせたのが、

「字のない葉書」

という作品であろう。

向田さんは、こう書いている。

《死んだ父は筆まめな人であった。

私が女学校一年で初めて親許を離れた時も、三日にあけず手紙をよこした。当時保険会社の支店長をしていたが、一点一画もおろそかにしない大ぶりの筆で、

「向田邦子殿」

と書かれた表書を初めて見た時は、ひどくびっくりした。父が娘宛の手紙に「殿」を使うのは当然なのだが、つい四、五日前まで、

「おい邦子！」

と呼捨てにされ、「馬鹿野郎！」の罵声や拳骨は日常のことであったから、突然の変りように、こそばゆいような晴れがましいような気分になったのであろう。》

向田さんは《父が娘宛の手紙に「殿」を使うのは当然なのだが》と書いているが、これは、明治生まれの父親だから、そうしたまでのことだ。

言っちゃナンだが、いまどきの父親が女学生の娘に手紙を書くのに、果たして「殿」を使うか、どうか。

マゴマゴしてると、

「ナントカちゃん」

などと書きかねないのではないか。いや、いまどきの父親は手紙なんか書かないで、電話をかけて、

「どうだ？　元気か！」

と言ってしまうのではないだろうか。

### 「向田・長女」の父親像②

さらに向田さんはこうも書いている。

《文面も折り目正しい時候の挨拶に始まり、新しい東京の社宅の間取りから、庭の植木の種類まで書いてあった。文中、私を貴女と呼び、

「貴女の学力では難しい漢字もあるが、勉強になるからまめに字引きを引くように」

という訓戒も添えられていた。

褌ひとつで家中を歩き廻り、大酒を飲み、癇癪を起して母や子供達に手を上げる父の姿はどこにもなく、威厳と愛情に溢れた非の打ち所のない父親がそこにあった。

暴君ではあったが、反面テレ性でもあった父は、他人行儀という形でしか十三歳の娘に手紙が書けなかったのであろう。もしかしたら、日頃気恥しくて演じられない父親を、手紙の中でやっ

てみたのかも知れない。》

父親といたしましては、

「そこまで見透かされていたんじゃかなわん」

といった心境だったのではないだろうか。向田さんは《他人行儀という形でしか十三歳の娘に手紙が書けなかったのであろう》と書いていらっしゃるが、この「他人行儀」こそが、父親の長女に対する愛情の発露なのだ——と、わたしは思う。

俗に、

「ヨソヨソしい」

というけれど、多少はヨソヨソしいくらいが、父親にはちょうどよいのである。父親は、長女に対してヨソヨソしく接することで、長女を一個の人間として扱おうとつとめているわけだ。

「父親になることはむずかしくはないが、父親であることは非常にむずかしい」

と言ったのは、たしかドイツの詩人ヴィルヘルム・ブッシュだ。このブッシュの言葉をもじれば、甘い父親になることはむずかしくないが、厳しい父親であることは、非常にむずかしかろう。

長女と接するのに、われら父親は、このむずかしいほうの道を選ぶのである。そして、長女も父親に似る。

## 長女は世話やき――それは妹や弟のため

向田さんにも、そのことは、わかっていたみたいだ。評論家の秋山ちえ子さんが、そういう向田さんのことを、こんなふうに書いている。

《向田さんは一見、気が強そうだが、強いだけでなく、気がやさしくて世話やき。自称ちゃらんぽらんだが、結構けなげで、家族に対しても妙に責任を感じていた。

そう、向田さんは長女だった。無意識のうちに父親代わりをしていた長女だった。お母さんにもよくつくした。妹さんや弟さんにも、たのまれなくても世話をやいた。

人の面倒見がいい。気働き、心くばりが行き届く。これが長女の特徴だ。

向田さんは旅行に出るときには、必ず同行者の分まで、私の知人の医師に薬をたのんで持参した。青山でハンドバッグのバーゲンがあるとか、原宿にLサイズのセーターがあったとか、世話やきの私を上回る親切さだった。赤坂で手作りのソーセージがあった、飛驒の高山のハムが美味しい、余り酸っぱくない梅干をみつけた等と届けてくれた。》

当たり前の話かもしれないが、長女が世話やきであるのは、下に妹や弟がいるからである。下に妹や弟がいなく、ひとりっ子だったら、果たして長女は世話やきになったか、どうか……。

そういう意味で、同じ長女でも、ひとりっ子の長女は可哀そうだ。ちいさい妹や弟の世話をやきたくても、やくことができないのだから。

## 長女のフトした心模様――それは敬慕しているから

ところで、向田さんの小説で、いかにも長女らしい主人公が登場するのは、なんといっても、短編「胡桃《くるみ》の部屋」だろう。

――三〇歳の桃子は、同僚のリエの結婚式が無事に終わって、ホッとしているところだ。本来なら、自分の夫だったかもしれないひとを譲っての結婚式である。

それでも、なにくれとなく世話をやいてしまうのが、桃子の長女らしい性格なのだ。桃子の父親は三年前に家を出て、雑誌社で働く桃子は、残された母親や弟、妹の面倒を一人でみてきたつもりでいる。

そんな桃子に、父親の消息を知らせてきたのは、かつての部下の都築だった。父親よりひと回り下で、もうすぐ四〇歳になろうという都築は、

「しかし、一人じゃないんですよ」

念を押すようにして、おでん屋のママと住む父親のアパートを桃子に教えたものだ。

勤めていた会社が倒産したこともあって、人一倍自尊心の強い父親は桃子たちの前から姿を消したらしいのだが、それにしても、久しぶりに遠くからみる父親は、あまりにも変わっていた。家では、ぜったいにそんなことはしたこともないのに、窓に干してあった女物のブラジャーと下《した》

穿《ば》きを取り込んでいるのである。

それに、何度か父親のアパートの近くを訪ねて知ったのだが、父親といっしょにいる女が、これがまた、ママというよりは掃除婦に近い感じの女で、白粉《おしろい》気ひとつない。桃子は、心の中で叫んでいた。

「これじゃあ、お母さんが可哀そうだ。よし、あたしがお父さんの代わりになって、弟も大学を出し、妹も立派に嫁がせてやる」

以下は、向田さん自身の文章だ。


《いつ頃からそうだったのか、いまは思い出せないのだが、丸い食卓で父のところだけポツンとあいているのが嫌で、ごく自然に間を詰めているうちに、桃子が父の席に坐るようになっていた。

ご飯をよそう順番も、桃子が一番先になった。大小にかかわらず、何か決めるときは、みなが自然に桃子の目を見た。

台風接近のニュースを聞くと、

「懐中電灯の電池、入れ替えときなさいよ」

と母に命令した。

冠婚葬祭に包む金額を決めるのも桃子だった。弟や妹だけでなく、母親にまで意見をするようになった。

「メソメソしたって、帰ってこないものは帰ってこないの。そんな閑があったら、眠るか働くかすること！」

なになにすること！　というのは、出ていった父の癖である。

弟の研太郎が大学に合格したとき、桃子は弟だけに夕食をおごった。

社用で一回行ったことのある豪華なステーキ・ハウスへ連れていった。自分はサラダだけにして、弟には分厚いステーキをとって祝盃を上げ、仕上げにバーを一軒おごるつもりでいた。（略）

ところが、研太郎はステーキを食べたくないという。

「おれ、胃の調子が悪いから、ハンバーグがいいな」

頑としてゆずらない。ハンバーグなら、なにもこんな高い店へくることはなかったのに、と中っ腹になっているところへ、肉の皿が来た。

ハンバーグに目玉焼が添えられている。

不意に、デパートの食堂で見た情景を思い出した。

若い工員風の父親と、中学生の息子がハンバーグを食べていたのだが、皿が運ばれてくると、父親は自分の分の目玉焼の、黄身のところを四角く切って、息子の皿に移したのだ。

「あれが父親の姿なんだわ」

桃子は、あの父親と同じように黄身のところを四角く切り、研太郎の皿にのせた。研太郎はびつくりして姉の顔を見ていたが、うるんできた目を見られないように、あわてて下を向いて、あのときの少年と同じように、黙って二つの黄身を食べはじめた。》

物語の展開は、向田さんの小説「胡桃の部屋」を読んでいただくとして、ここには、自分を父親に擬していく長女の気持が遺憾なく表現されていると思うが、どうだろう？　桃子は、父親の役をやっているうちに、いつのまにか玄関の真ん中に靴をおっぽり出して脱ぐようになるのである。歩くときも、外股になったような気がしている。

ふつう、わたしたちは、身近に尊敬している人物がいると、ついその人のマネをしているものだ。わたしも、新聞記者時代、わたしを可愛がってくれたデスクの話しぶりをマネし、腕を振って歩く歩き方まで似てきたのを意識したことがある。

しかし、向田さんの小説の女主人公である桃子は、妻子を捨てていった父親を尊敬していたわけではあるまい。むしろ憎んでいたことだろう。

だが、靴の脱ぎ方から歩き方まで似てしまっている。そんな長女の心模様を描いて、向田さんの筆は余すところがない。

# 第3章 長女・次女・三女の行動学

## 長女の女らしさ

### 父親が娘にドギマギするとき

わが家では、長女も次女も三女も、なぜか女だ。そして、〝元〟女が一人。子供が生まれるたびに、友人たちからは、

「ワンボール」

「ツウボール」

「スリーボール」

と笑われ、ついには、

「ノーストライク・スリーボール」

と冷やかされた。また、

「男がほしくないか」

とも訊かれたものだ。そんなときは、とくに欲しくもないのだが、

「うん、男の子の一人ぐらいはいてもいいいな」

と答えることにしている。

しかし、本当のところ、自分の子供については関心はあるが、自分の子供が男か女か、そんなことには関心がない。が、酒場では仲間たちの期待に応えたいという不純（？）な色気もある。だから「男も……」と答えることにしていたのだ。

ある御婦人からファンレターなるものをいただいたことがある。わたしは仲間たちから、「ハマ（横浜）の中年ブリッコ」と呼ばれている。ファンレターというミーハー的な感覚はかなり好きなのである。よろこんで開封した。しかし、そのなかに、

「もしあなたに男の子がいたら、あなたの人生観も大分ちがっていたでしょう」

という一節を見つけて、愕然とした。

一瞬、

「そうかもしれない」

と思ったのだ。が、すぐに「フフフ」と鉄仮面のような笑みがもれ、わたしはしだいに余裕が出てきた。

なぜか。

実は、娘たちは男の子のような育ち方をしてきたのだ。みんな小学校三年生ぐらいまで、「ぼく」と呼ばれて育った。

「どうしてそんな育て方をしたのだ？」

と、兄弟や仲間たちに言われるのだが、別に意識的にやってきたわけではない。強いて言えば、女の子らしく人形など買い与える経済的な余裕がなかったのだ。たまに、オモチャを買ってやることもあったが、そのときは、前にも書いたとおり、わたしもいっしょに遊べるようにという〝切実な配慮〟で、自動車とか電気機関車など、動くオモチャに決めていたのだ。

さらに、わたし自身の心のなかで、少年っぽい女性が好きだったこともある。わたしは〝女らしさ〟ということを信用していなかった。女というのはどうひっくり返しても女であり、男だって、どうしようもなく男なのだ。それなのに、男に男らしさを求め、女に女らしさを求めるのは理論的にもおかしい。

いくら女らしい男であっても、いくら男らしい女であっても、その人が男であり、女であることに変わりはない。わざわざ、とってつけたように、男らしさ、女らしさを強調したりする風潮が、わたしには気に食わなかった。

わたしのそんな考えが、娘たちに感染したのだろう。おかげで、彼女たちは小学校三年生ぐらいまでは、みんな男の子のように育ってきた。

先ほどの御婦人からのファンレターでドギマギしたのは、三女が中学生になっていたからである。中学生になると、いやでも女であることを意識せざるをえない。その三女に対する気持の変化を見透かされたようで、だから一瞬、ドギマギしたにすぎない。

## 娘は知らぬ間に女らしくなった

そんなわけで、三人とも、買い物に行っても電車に乗っても、他人《ひと》さまからは、ハンで押したように「ぼく」と呼ばれていた。

長女が小学校三年生のとき、娘たちと遠出をしたことがあった。わたしは娘たちといっしょに電車に乗るとき、三〇分以内だったら席に座らせないで立たせる。が、それ以上だったら座ることを許した。娘たちは席に座って、楽しそうに話している。

そのとき、六〇歳ぐらいの紳士が優しそうに話しかけた。

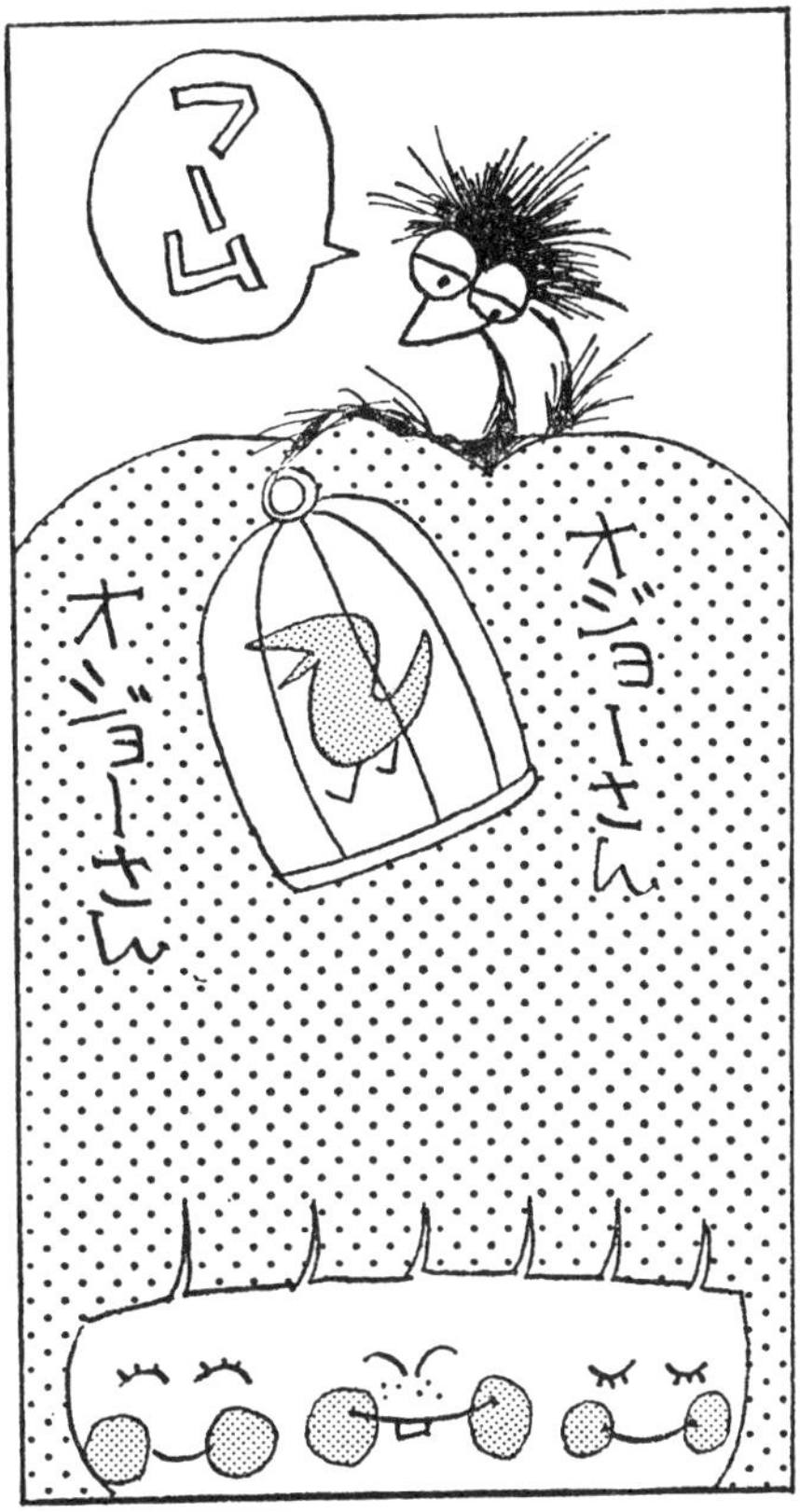


「ぼくぅ、ちょっと席を空けて、おじさんにも座らせてよ」

しかし、娘たちは紳士の願いを無視し、それぞれあさってのほうを見ている。あとで娘たちにきいたら、

「お嬢さん」

と声をかけてくれれ

ば、席を譲ってあげた——と言うのである。

それを聞いて、わたしは改めて気づいたのだ。どんなふうに育てられようと、女は女であることに誇りをもっている。そして、もしかしたら、わたしは娘たちが嫌がることを強いてきたのかもしれない、という気持が頭をかすめた。しかし、いまはどこへ出しても「女」と見られているのだから、父親としては安心している。

子供のうちは、男の子も女の子もない。どのように育てようと、成長すれば男は男らしく、女は女らしくなるのだ。

しかし、娘たちを女として扱ってきたこともある。わたしは、娘たちとは絶対に、いっしょに風呂に入らなかった。銭湯や温泉で、父親と娘がいっしょに湯舟につかっている姿をよく見かけるが、わたしは一度も経験したことがない。いまは亡き芸能評論家の安藤鶴夫《あんどうつるお》さんは、

「娘といっしょにお風呂に入ることは無上のよろこび」

と言っていたようだが、わたしにはそんな気持がさっぱりわからない。

ただ、産湯《うぶゆ》をつかってやったことはある。赤ん坊とは正直なもので、父親の大きな掌なら安心できるけれど、母親の小さな掌では不安でしかたがないらしい。だから、産湯をつかうときは、できるだけわたしがやっていた。しかし、いっしょに風呂に入ったことは一度もない。

実をいうと、これはわたしの考えというよりは妻の考えなのである。妻の言い分は次のとおりだ。

「娘たちも大人になって結婚すれば、男性の裸を見ることもあるだろう。そのとき『お父さんの裸とちがうわ』と疑問に思うかもしれないし、それが離婚にまで発展する可能性もある。だからお父さんの裸は見せないほうがいい」

なるほど。女は、いろいろ考えるものだ。

## その意地悪さ——女だからか、オレの子だからか

二、三年前の正月、わが家はある温泉場に旅行した。旅館に着き、風呂場まで行って初めて、その温泉場が混浴であることがわかった。風呂場をのぞいてみたが、風呂場にはだれもいない。帳場で調べたらほかにお客さんもなく、わが家族だけである。

しかし、わが家の〝元〟女も〝今〟女も〝未〟女も、わたしといっしょに入ることを拒んだ。わたしには彼女たちといっしょに風呂に入りたいといった特別な気持はない。だからといって、ことさら風呂を拒む彼女たちの気持もわからない。混浴の温泉場なんだから、いっしょに入浴するのが自然な気もした。

「いいじゃないか、こんな広い風呂場なんだから。端と端で、背中合わせで……。湯気も多いんだから……」

わたしはそう言ったのだが、なぜか娘たちはいっしょに入ることを嫌った。

「意固地だなあ」

わたしは風呂に入るため、丹前《たんぜん》の帯を解きながら娘たちに冗談を言った。

「おまえたちが意固地なのは、女だからか、それともオレの子だからか？」

娘たちは顔を見合わせながら声をはり上げたものだ。

「決まってるじゃない？」

はて、どっちなんだろう？

# 長女は母親と裏取引する

## 長女と母親はツーカーの仲

父親として、家族のためにの心がけていることのひとつは、春休み、夏休み、冬休みの家族旅行である。春休み、夏休み、冬休みの旅行だから、心がけていることのひとつじゃなくて三つか……。

長女にとって、八三年三月の冬休みは、学生生活最後の休みだった。これから先は社会人になるので、たぶん家族旅行という形では楽しめないだろう。そういう意味で、わたしは、この旅行には思い込みが強かった。

実をいうと、最初は九州へ行くつもりだった。が、次女が、

「旅行には行けない」

と言い出した。理由は、

「予備校に行きたい。それから、一日中バカみたいにギターを弾いたり、ピアノを弾いたりしていたい。旅行に行くと、そういうぼんやりする日がないから、わたしは行かない」

というものだ。

家族旅行で家族の一人が抜けるのは、なんとも意気が上がらない。もちろん説得はしたのだが、次女の意志は固い。それに、四年前、長女が大学受験を目前にした冬休みに、家族旅行に参加しなかったという前例があった。そのことを次女に衝かれてしまったので、わたしも説得をあきらめざるをえなかった。

次女一人が家に残るのでは、長期の旅行はあきらめなければならない。だから、二泊三日の伊豆旅行に変更した。

わたしが驚いたのは、いろいろと計画を練って、さて伊豆をどう歩くかという段になったとき、妻のプランが長女べったりだったことなのである。つまり、長女が受験で行けなかった道を歩くというのだ。妻の意志はことさら強く、結局、わたしと三女は前回と同じ道を歩くはめになった。

そういうときの母親というのは、何事も長女第一主義で、父親はポーターとして荷物運搬のためについていくだけだ。わたしのことなんぞ、なんにも考えていない。

わたしも苦しいのだ。

原稿の締切を数本かかえているし、旅行中は原稿が書けない。そのしわよせを考えると、旅行前日までに書き終えていなくてはならない。だから、旅行当日は最悪のコンディションとなる。それでもポーターをやらされる。妻の神経は長女にだけ傾いていて、わたしのことなんぞ、屁とも思っていないらしい。

このように長女の心理を読みとって、長女がよろこぶようなプランを立てるあたりは、やはり、長女と母親はツーカーの仲である。

## 目と目でわかる長女と母親――ブキミだ

わが家の食卓の席は、長女と母親が三女を囲むように座っている。次女はわたしの横に座る。

いつからこんな並び方になったのか定かではないが、なんとはなしに見ていると、長女と母親は、お互いに目を見ただけで心が通じ合っているようだ。母親がチラッと長女を見ただけで、長女はうなずいて、醤油をもってきたりする。そのあたりの呼吸はピッタリで、なんとも気持わるい。

嫉妬するわけではないが、

「オレのほうがつきあいは長いんだぞ」

と長女をにらむが、長女はわたしの目を見ても反応を示さない。

長女と母親が話すときは、ほとんど、台所に並んで、家事をしながらである。家事の手伝いも長女がいちばん多い。二人で並んで食事の用意などをしているときは、わたしはもちろん、次女も三女も入り込めない雰囲気がある。

実際、ちいさいころから手伝わされているから、長女が家のなかで、ある種の地位を築いてしまうことがあるのかもしれない。わたしは、むかしから、

「台所に立つだけが女の生き方ではない」

と言いつづけてきたのだが、わたしは言うだけ言ってその場にいないから、あまり説得力はない。いずれにしても、わが家の長女は、家事の手伝いをつづけることによって、ある種の地位を確立したようだ。

わたしが不在のときは、たぶん長女がわたしの役割をしていると思う。話題の中心になって、テレビのチャンネル権なども握っているのだろう。

また、妹たちは、相談ごとがあっても、わたしや妻よりも話しやすいのではないかと考え

る。妹たちにとっては「頼れる姉貴」というのが、長女の役割のようである。

## 長女と母親は一卵性双生児だ

わが家の習慣では、娘三人が顔を合わせるのは居間か台所かで、長女の部屋に全員が集まることはないようだ。

わが家族は、みんな自分の部屋をもっているが、わたしだけが一階で、妻と娘たち四人の部屋は二階である。だから、彼女たちが寝るときは、全員二階に上がるし、わたしが二階に上がることはまずない。次女のために新しく作った部屋が一階にあるのだが、そこは寝室としては使っていない。

彼女たちの意見によると、

「たとえ親とはいえ、同じ平面に、男と一対一で寝るのは、扉があろうがなかろうが、イヤだ」

ということだ。それはそれでいいだろう。

しかし、妻はどうして二階に寝るのか。

「たとえ夫婦とはいえ、同じ平面に、男と一対一で寝るのはイヤ」

とでも言うのだろうか。こんど聞いてみてやろう。

それは、まあ、ともかく、わが家は、わたしを除いて全員が二階で寝る。本当は逆なのだ。彼女たちが下にいなくてはならないと思うのだが、これが家の中での力関係を鮮やかに象徴している。わたしは、一人でポーターとガードマンをやらされているわけだ。

母親というのは、どこの家庭でもそうかもしれないが、かならず長女に相談する。たとえば、来客があり、手みやげをもらったりすると、わざわざ長女を呼ぶ。

「なにかしら、どうやって開けるのかしら？」

とか、

「お姉ちゃん、開けてごらんなさい」

などとうれしそうに言葉をかける。そのとき、妹たちは、ただ見ているだけだ。見ているだけで、まだなにも気づいていないと思うが、そういう長女と母親のただならぬ関係に気づくのは、父親だ。そして、

「みやげをもらったなら、まず、オレに言うべきだろう」

と思うのだが、思うだけでなかなか言葉には出せるものではない。

母親が長女に相談をもちかけるときなど、まるで媚びを売っているとしか思えないくらいだ。

また、テレビを見るにしても、母親は長女がおもしろがっている番組を一所懸命おもしろがっている。いつのまにか、そういうふうになってしまっているから、わが家もシマラない。

演歌の女王・美空ひばりとお母さんの喜美枝さんが一卵性親子といわれたように、長女と母親には、その要素がある。

嫉妬して言うわけではないが、長女と母親はデキているのだ。

## 長女は自己制御する

**次女はおっちょこちょいで、三女はちゃかし屋**
長女は動作が鈍い。性格的におっとりしている、といえばいえなくもない。

次女は動作が速い。性格的におっちょこちょい、といえばいえなくもない。

三女は、まだ中学生になったばかりだ。まだ甘ったれている、といえば、当たらずとも遠からずだろう。

三人の娘たちに、それぞれ別の教育をしたわけではないが、どうしても、そういう性格のちがいが出てくる。

たとえば「アルバムの厚さがちがう」と、こういうことをいち早く見つけるのは次女である。長女は最初の子だから、親も物めずらしさが先に立ち、写真を撮るのが楽しい。けっして長女だけを可愛がったのではないのだが、

「わたしはお姉ちゃんほど可愛がられていない」

と、写真の数を証拠資料として、親を恐喝（?）する。良いか悪いかは別としても、次女は自己主張が激しいわけだ。つまり、三人の真ん中だから、上からは抑えつけられ、下からは突き上

げられているという意識が過剰である。そして、自分だけが可愛がられていない、というような バカなことを言う。

それで、このあいだ、次女に説教した。これがまた大変で、次女一人に説教するよりも、長女も三女もいっしょのほうが効果があるだろうと思い、三人の娘を招集した。

わたしは次女の学校（神奈川県立横浜翠嵐高校）のＰＴＡの会長をしている。そこで、

「お父さんはＰＴＡ会長をやらされている。おまえが、お父さんの母校に行っているという理由だけで、やっているのだ」

と言ってのけた。

しかし、次女は、

「そんなことは関係ない」

と言う。

「関係なくはない。おまえがお父さんの母校に行っていなければ、お父さんはＰＴＡの会長なんかやることはなかった」

わたしは、それまで、ＰＴＡの会長の経験など一度もないし、やりたいと思ったこともない。

「おまえが意識しているかどうかは知らないが、おまえはお父さんに大変な負担をかけているのだぞ」

「でも、わたしの意志じゃないわ」

そう言うのをさえぎって、わたしは続けた。

「たとえば、妹が別の高校に入ったときに『あなたは経験者だから会長をやってください』と言われたら、お父さんに断わることができるか。もちろん断わるつもりだが、お父さんのことだから、たぶん、断わり切れないだろう。おまえが自分の意志ではないと言いながら、お父さんに強いてきた余計な負担は、今度は、おまえのことだけで終わるわけではないんだ。もし、妹の学校から頼まれたら、いや、あれは母校だからやったんで、これは母校じゃないからやれません、と言えるかどうか考えてみろ」

ここで、ようやくわかってきたらしい。自分も親に負担をかけている。自分だけが可愛がられていないなんてことはないんだ、と納得したようだった。おっちょこちょいで早トチリだが、物わかりはいい。

こういうとき、三女はひとこと多い。

「じゃあ、わたしが高校に入ったら、PTAの会長をやってくれるの?」

すぐに、そういうふうにちゃかす。とたんに、わたしの説教もトーンダウンするから、シマラない。

## 長女は言葉をひかえたりする

長女の場合はどうかというと、黙って、わたしの説教に耳を傾けている。

それは、つまり、言い出せなかったのだ。次女、三女には、まだわからないだろうが、長女は黙っていることによって意志表示をしているわけだ。黙っていても、父親のわたしには長女の気持がビンビン伝わってくる。

子供にとって、父親をPTAの会長にもつことは、恥ずかしいというが、恥ずかしさのなかには誇らしさも入っていると思う。

長女は、そんな気持を味わったことはないし、将来も不可能だ。妹たちと比べて、一抹の寂しさを感じていることだろう。

長女には、

「妹には、そんなに時間を割いてまで、お父さんは駆けずり回っているけれども、わたしのときには、そうしてくれなかった」

という気持はあるが、口には出せない。

なぜか。

長女が高校生の時代、わたしは、

「PTAの会長をやってくれ」

と、学校が頼みにくる対象ではなかった。

そのころ、わたしは文泉を辞めて、

「さて、これからどうしてメシを食っていこうか」

という時代である。いまは、たまたま会長の対象たりえているが、当時は「失業者」といえば、いえないこともない。

ＰＴＡの会長など、世間が認めるはずもなかった。

長女には、そのあたりのことがよくわかっている。だから、なにも言い出せない。

長女は最初の子供だから、父親がまだ血の気の多い時代に物心がつく。

ところが、次女や三女が物心つくころには、父親もだいぶ落ち着いた年齢になっている。

このあたりのところが、長女と次女、三女の性格の相違として出てくるのかもしれない。

大げさに言えば、長女は父親の生き方を見てきたので、父親に対して自我を主張することを自己制御するのだろう、と思う。

あるいは、

「わたしが高校生のときは、父は失業中で……」

という印象が強すぎ、しかたがないという諦めの境地に達しているのかもしれない。

どちらにせよ、長女というのは、父親の過去をいろいろ知りすぎているせいか、父親に対しては「言葉をひかえる」ところがある。

それが、いいか悪いかは、ここでは言わない。ただ、そういう性格のために、

「いろいろチャンスを逃しているんだろうなあ」

と、不憫《ふびん》な気分になることも事実なのである。

# 長女が権力を奪いとる

## 長女が目安だ①——家の建てかえ

長女が中学に入学すると同時に、家を建てかえた。

そのころ、古い家は雨が漏りはじめていた。わたしが生まれた直後におやじが建てた家だから、四〇年近くたっていた。その家は、結婚を機に、わたしがおやじから借りていたのである。

不思議な家だった。平屋だったが、八畳、六畳、四畳半、その他に応接間があったから家族四人なら十分だった。三女はまだ生まれていなかった。しかも、それぞれの部屋はすべて廊下で区分されていた。「回り廊下に中廊下」というぐらいのもので、和風建築なのだが、どの部屋に行くにも廊下を通らなくてはならない。

場所は横浜の桜ケ丘という高台で、桜の名所である。その桜が風に舞い、窓から幾片かまぎれ込んでくる。それが回り廊下を通り、座敷まで入ってくる。

新婚のころ、妻は、

「電気掃除機でとるのは、もったいない」

と言いながら、手で拾ったりしていた。そんな姿を見ながら、

「結婚ってのはいいなあ」

などと、加山雄三みたいなことを思っていたものだ。

それはそれとして、ともかく古い家で、しかも、ずっと独り者が住んでいたから、わたしが結婚するころには荒れ放題だった。その家を直し直し住んでいたのである。そのうち、雨が漏るようになった。しかも尋常ではない。雨が降るたび、家中、たらいとか洗面器をアチコチに並べなければならなかった。それで、いずれ決着をつけなくては……と思っていた。

そのころは、東京タイムズを辞めて、文泉に職場を変えたところだった。そのとき、いっしょに転職した先輩たちに、

「おまえの家が雨漏りさえしなければ、オレたちはまだ東京タイムズで仕事をしていたかもしれないな」

などと言われたものだ。というのは、東京タイムズの退職金は、すべて家を建てかえるために使い果たし

てしまったからである。いや、わたしは、この家を建てかえるために、東京タイムズを辞めたようなものだ。

そのときは、わたしの思い切りのよさが功を奏した。とりあえず、ある金で家を建てたいと思い、できるかぎりの借金をし、それに退職金のすべてをつぎこみ、すべてを大工の棟梁に渡した。ふつうは分割で渡すものらしいが、見積もり金額を先払いしたのである。棟梁もその度胸のよさには驚いていたが、その直後から木材が急騰したのだ。

「おめえの家では儲けそこなったなあ」

棟梁はいまでも、わたしの顔を見るたびにグチッている。

## 長女が目安だ②――部屋の割りふり

ふつう、上の子が中学校に上がるときが、家を建てかえるフシメといわれる。わたしの場合も、長女のことしか念頭になかった。また叱られそうだが、次女、三女のときは、またなんとかなるだろう――くらいにしか思っていなかったのである。

新しい家は、二階に長女が一室、次女、三女は子供だから二人で一室、妻が一室、そして、わたしは一階で一室だった。

ここで問題がひとつ起きた。ピアノとステレオをどこに置いたらよいのか。応接間もあるが、部屋が狭くなるので、お客さんに失礼にあたる。だから、誰かの部屋に置かなければならないのだが、スッタモンダのあげく、長女の意見を取り入れて、わたしの部屋に置くことに決めた。長女の提案はこうだ。

「お父さんは会社に行くんだから、その間、わたしたちはお父さんの部屋で、ピアノを弾いたり、ステレオを聴いたりすればいい。お父さんが夜帰ってきたら、わたしたちはお父さんの部屋には入らないようにする」

ナルホドと思った。それで、わが家は親と子の断絶もなく、ひとつの部屋をうまく使っているつもりだった。

ところが、しばらくすると、困ることが起きてきた。娘たちが、わたしの机の引き出しを開け、いろいろ遊ぶのである。娘たちにとっては、父親の万年筆、カッター、ホッチキスなどには、一度は触れてみたいものらしい。わたしが使おうとすると、いつも置いてある場所がちがっている。モノ書きの悪い癖で、ちょっと神経にさわるわけだ。

しかし、娘たちも、宝の山に入れられて、手を触れてはいかんと言われていることになる。どちらもガマンできない。このあたりから、そろそろリズムが狂ってきた。

そして、決定的に狂ったのは、わたしが文泉を辞めたときだった。

最初は文泉に行くフリをして、外でブラブラしていたのは先に述べたとおりである。しかし、妻に白状してからは、わたしは自宅で「週刊朝日」の連載原稿を書いていた。

もちろん、自分の部屋で原稿を書く。娘たちが帰ってくるころ、わたしは仕事の真っ最中であ

る。それで、お互いに、

「あれっ」

ということになる。長女がピアノを弾こうとわたしの部屋に入ってきたとき、わたしは机に向かって原稿を書いている。そこで空気がギクシャクしてきた。

なんとかしようと思っていたところに、思わぬ仕事が舞い込んできた。ある出版社の『フランスの漫画』の監修だった。その仕事でまとまった入金があったので、思い切って、さらにひと部屋つくった。プレハブだが、とにかくわたしは自分一人だけの部屋をもつことができたのである。もちろん、仕事部屋である。これでめでたく親子は断絶（？）することとなった。

ほかに、次女については、彼女が高校生になったときひと部屋建て増して、次女だけの部屋を与えた。それによって、次女といっしょの部屋にいた三女も、自分だけの部屋をもつことになった。

## チャンネル権も長女が握った

家族五人がそれぞれ独立した部屋をもつようになってから、気になることがひとつできた。それぞれの部屋を見渡してみると、娘たちの部屋にはテレビを置けるようになっていたのだった。その結果、娘たちは口々に、

「自分だけのテレビが欲しい」

という。娘たちの言葉によれば、

「テレビが一家に一台しかないのは恥ずかしい時代なのよ」

ということだ。しかし、どんなに強い要求があろうとも、テレビは「一家に一台」のほうがいいように思う。

なぜなら、一台のテレビで家族がチャンネル争いをすることによって、わたしは、子供たちの教育にも役立つと思っているからである。もちろん、チャンネルの最優先権は父親にある。

しかし、わが家の父親はテレビをほとんど見ない。本当に見たい番組があると「今日はこのテレビを見るぞ」と宣言し、独占し、娘たちからの猛反撥にもめげず、自分の見たいチャンネルに合わせるのだが、三〇分もするとイビキをかいて眠ってしまうらしい。

そうなると、娘三人のチャンネル争奪戦が始まるわけだ。たとえばジャンケンでもいいのだが、こうして譲ったり譲られたりすることによって、しつけの一環になると思っていたのである。

しかし、これは甘かった。わたしはテレビの前にいることはほとんどないから、娘三人が自分たちのルールをつくって、互いに譲ったり譲られたりしていると思い込んでいた。親がいなくても、しつけはできているとほくそえんでいたのである。

しかし、いろいろ聞いてみると、次女、三女は、長女の見たい番組に合わせているのである。長女の見ている番組を、次女も三女もおもしろがって見ているというわけだ。これでは、しつけにもなんにもなりはしない。長女の権力を増長させるだけではないか。

しかも、長女の選ぶ番組というのが、くだらない。

「なにが楽しくってこんな番組を見ているんだ?」

「あら、おもしろいわよ」

「若いんだから、こんな番組を見る暇があったら、外に出て男でもつくれよ」

それでも、長女はニヤニヤしながら、チャンネルを回している。

テレビのチャンネル争いで子供たちをしつけようなんて、やっぱり甘かったかな? 甘かったのである。

# 妹たちも長女のものか

## 父親は娘離れできない?

中学生というのは、父親を嫌う年代であるようだ。わが家の女子中学生たちも、代々わたしを嫌ってきた。

小学生までは、頭ひとつなでてやれば、それでよかった。肩を組んで歩いてもよかった。しかし、中学生になると突如変身する。髪の毛を触るとロコツに迷惑そうな顔をするし、肩に手を置こうものならスルリと身をかわし、父親とは距離をおいて歩こうとする。

しかし、父親というのはなさけないもので、嫌われれば嫌われるほど娘を追いかける。そして追いかければ追いかけるほど、父親から離れてゆくのが娘たちだ。寂しいのは当たり前だ。

いきなり突き離されて、ニコニコ笑っていられるほど、世の父親はともかく、わたしは人間ができてはいない。とても悲しい思いをする。

いま、わが家では、三女がちょうど、この父親嫌悪エイジだ。とにかく、アンタッチャブルなのである。

長女の場合、そういうことはなかった。というのは、長女が触れられるのを嫌がるころには、わたしは次女に触れていたからだ。そして、次女が触れられるのを嫌がるころには三女がいた。いまや、その三女も触れられるのを嫌がりはじめてきた。父親としては誰に触れればいいのか。これは女房に触れるのとは、ちょっとばかりワケがちがうのだゾ。

こんなふうに考えてみると、長女でひとりっ子というのはつらいだろうナと思う。ひとりっ子は、競争もなく、肉親の愛情を精一杯受けて育てられる。いよいよ年ごろになり、生理的に親離れしたくなってくる。しかし、父親は娘離れしない。一人しかいないから、いつまでたっても娘にまとわりつく。

だいたい、父親の考えることなんて「娘はかわいい」という一方的なものだ。「娘も自分と遊びたがっているにちがいない」と信じて疑わない。娘の心の変化などに気づくはずもない。

わが家の場合は、この点、スムーズにいった。長女から次女、次女から三女へと、父親との接触が違和感なく断たれてきた。問題はこの次だ。三女の次はどうすればいいのか。わたしが三女の意志を尊重して、ガマンするしかないのかナ、やっぱり。

**〈雨彦とは〉関係ありません、と長女は言うが……**

三女はまだ中学生だから、家の中では「かわいい」で育っているが、長女と次女はすこしずつ人格も固まってきて、お互いに影響しあっているようだ。

すでに触れたが、長女は理工系の学部を選んだ。理由はわたしにあると思う。わたしは文科系の大学を出て新聞記者になったため、毎日不規則な生活を強いられてきた。長女はそんなわたしを見て育った。文科系を出てもワリが合わないというのが長女の本音なのだろう。理由はもうひとつあるが、それは前に述べたので、ここでは省略しよう。

次女は、長女の気持を知ってか知らずか、高校に入ったときから、

「私は理工系に進みます」

と宣言している。次女の気持の底には、

「お姉ちゃんに負けたくない」

という意識があるにちがいない。これは長女が次女に与えている無意識の影響である。次女はなんでも一人で決めて、一人で行動していく。

高校一年のとき、いきなりわたしの前に立って「お願いがあります」ときた。

「なんだ？」

「アメリカへ行かせてください」

わが家の親たちも無責任だから、子供がやりたいということは、できることならやらせてやろうと思っている。わたしはもったいぶって言った。

「ウム、いいだろう」

次女は夏休みを利用して、さっさとアメリカへ行ってきた。

また、次女は長女に対するばかりでなく、わたしへの意識も相当なものである。

高校の担任の先生が次女にたずねた。

「おまえの将来の目標はなんだ？」

「理工科へ行って、機械工学をやりたい」

「そりゃおかしい。お父さんは文科系を出て、モノ書きだろう」

そのときの次女の答えがふるっていた。

「わたしは本当は童話作家になりたいんです。でも、文科系の大学を出て、モノ書きになったところで、いくらいいものを書いても、世間はそうは見てくれない。いつでもお父さんと比較される。これは、シャクです。だから、わたしは……」

ということだった。たしかに機械工学の仕事をしていれば「雨彦の娘」とは言われまい。

そういえば、長女のわたしに対する意識もかなり屈折していて、入社試験の面接のとき、こう答えている。

「お父さんのお名前は？」

「青木雨彦です」

「おっ、その人ならぼくもよく読んでいるよ」

そのときの長女の答えがいさましい。

「関係ありません！」

それでも就職できたのだから、親バカを承知でいえば、たいしたものだ。

長女からこのことを聞かされて、

「関係ないってことはないだろう？　オレときみは、親と子だろ？」

とわたしは問いつめたが、長女は笑って、とりあげない。

次女が理工系へ進むのは、長女の影響が大きいし、長女がわたしに「関係ない」というのは次女の影響が大きい。わたしを媒体にして、長女も次女もお互いに影響しあっている。

さて、三女。これはまだ末っ子で甘ったれだから、まだ二人の姉に影響を与えるほどの実力は備わっていないが、いずれ長女、次女の仲間入りをするにちがいない。

娘たちは、それぞれ影響し合って成長してゆくんだナと、わたしはつくづく思った。

## 長女のために揃えた「太宰治選集」

これに関連してひとつ。

わたしはモノを書くにあたって、資料だけは自分の金でそろえようと実践してきた。ナマイキなようだが、資料の数は、かつてわたしが勤めていた東京タイムズや文泉よりもずっと多いと自負している。書庫はプレハブだが、中身は濃い。しかし、その書物すべてが自分の仕事のためだけのモノではなかった。

そのなかに「太宰治選集」がある。というのは、太宰治は誰もが一時期夢中になる作家だから、娘たちもいずれ太宰治にかぶれる時期がくるだろう。そのときのために……と思って、自分が愛読している全集とは別に、大切に選集を保管しておいたのだ。仕事のためではなく、娘たちのために、である。そして、待ちに待ったときがきた。

長女がわたしに言った。

「太宰治が読みたい」

「よし」

わたしはホントにうれしかった。長年の夢がかなえられるのである。太宰治選集をひっぱり出し、長女の目の前に並べた。長女はパラパラとページを繰っている。しかし、反応は意外だった。

「いやだなあ！」

「ん？　なんだ」

「かなづかいが古すぎる。それに、これじゃ重すぎるわ」

わたしが呆気にとられて黙っていると、

「文庫本で読むからいい」

とあっけらかんと言う。わたしの気持はあっさりしぼんでしまった。

「勝手にしろ」

そう言ったけれど、内心は残念でたまらなかった。まったく裏切られたような気持である。

このとき、わたしは実感したのだ。わたしが「仕事のために収集してきた本」も「娘が読むだろうと収集してきた本」も、実際はなんの役にも立たないんだ――と。

仕事の資料としての本も、娘たちが文科系の道を進み、ジャーナリストとか作家になりたいと思っているのであれば、その価値もわかるだろう。しかし、理工系では、その使いみちもない。二足三文の値打ちもない。

わたしには、いつか娘たちがこれを使ってくれるのではないかという楽しみがあった。しかし、もう駄目だ。苦労して集めた資料だが、愛着がなくなった。ここまでやられると、三女への期待もさっぱりなくなる。やはり、理工系に進むのだろうか、三女も。

娘たちというのは、父親の思い込みとは関係なく成長していく。わたしが卒業した文科系には目もくれないし、太宰治はわざわざ文庫本で読むし……。それはそれでいいのだが、本音をいえば、ちょっと寂しい。

## 父親をのけ者にする

### 長女と電話①——気になるものだ

「いい男の条件とは?」

ということを、拙著『男と女のト音記号』(講談社)のなかに書いた。すなわち、いい男というのは、女房に電話がかかってきたときに、その場から遠ざかることのできる男だ。女房でなくても、たとえば、同居している女性に電話がかかってきたとき、席をはずすことのできるゆとりをもっている男性——これが女性たちに言わせると「いい男」なのだ。

わたしの場合、女房に電話がかかってきても、あまり興味がわかないし、だいたいは「まあいいや」と思って、遠ざかるのを常としている。わたしもけっこう「いい男」の条件は満たしているのだナ――とは思っても、さて、娘にかかってくる電話となると、なかなか遠ざかることができないからナサケナイ。

## 長女と電話②――いつも母親が弁護する

どうも電話というのは、けんかのタネになりやすい。その日は友人からゴルフの誘いの電話があった。

「ゴルフのコンペをやるけど、空いているか」

空いていることは空いているが、わたしはゴルフができないから、参加できないことを告げた。しかし、友人というのはありがたいもので、

「それじゃ、コンペの後、友だち同士で集まって一杯やるから、二次会だけでも来いよ。時間と場所が決まったら、また電話する。だいたい七時から八時の間だナ……」

ということになった。わたしは、その日、ずっと家にいる予定だったのだが、たまたま用事ができて出かけたため、外から家に電話をかけ、

「七時から八時ぐらいの間に、友だちから電話があるから、時間と場所を聞いておいてくれ」

と、妻に頼んだ。そのとき、長女がひょいと電話口に出て、

「ちょっと電話をかけてもいい？」

と言う。

「いいよ」

と答えて、わたしは家に帰った。ところが、帰ってみたら、長女はまだ電話をしている。

「なにやってんだ？」

「友だちとしゃべってるの。電話使っていいと言ったじゃない？」

わたしが電話を切ってから家に着くまで、タクシーで飛ばしたって、一五分以上かかる。それでもなお延々としゃべっている。

「いいかげんに切れ」と怒ったら「お父さんはかけていいと言ったはずよ」と言う。

男の感覚では、電話というのはそんなに長くかけるものではないから「いい」と言ったのだが、そういうことはわからずに「どうして切らなくちゃいけないの？」と、こういうときだけはヤケに反抗的になる。さらに、

「仕事の電話ならわかるけど、どうせ遊びの電話じゃないの？　同じ遊びの電話なのに、どうしてわたしばかりが切らなくちゃならないの？」

とナマイキなことを言う。

そこで、わたしは言ったものだ。

「仕事の電話だったら、きみが一時間おしゃべりしていても、相手はそれが済むのを待ってもかけてくるだろう。遊びの時間だからこそ、お父さんは空けておきたいんだ」

しかし、いくらそう言っても、わからない。

「仕事の電話だったら空けておくのが当たり前だけど、遊びの電話なら空けておくことないんじゃない？」

と言い張る。そこで、わたしはもう一度くり返した。

「仕事の電話だったら、大切だから、相手はどうやってもかけてくる。だが、遊びの場合は、仮に彼が酒を飲んでいたとして、話し中だったら席に戻る。五分ぐらいたって、もう一度かけてみて、また話し中だったら、また席へ戻る。三度やってだめだったら、四度目にはもうかけてこないだろう。そういうものだと思うから、遊びのときの電話は大切なんだ」

長女はわかったような顔をしたけれども、説得されて悔やしかったのだろう。プンとふくれて、部屋を出ていくときに、ガチャンと力まかせにドアを閉めていった。

「ナンダ！　いまの態度は」

と怒鳴ったら、

「反抗心のあらわれでショ！」

と母親みたいなことを言う。

そして、こういうとき、長女の味方をするのが母親なのである。

「それはお父さんのほうがまちがっている。そんな言い方をしたら長女がかわいそうだ」

母親というのも女であるからかどうか知らないが、父親の遊びなんか、どうでもいいと思うらしい。長女と一緒に「仕事の電話なら大切」という感覚で攻めてくる。妻にとって、夫が遊びに行くのは歓迎すべきことではないから、娘の意見にはすぐグルになってしまうのか、妙に肩をもったりする。かくて、次にわたしがやることは、テーブルをひっくり返すことしかない。

## 家庭の団欒は父親が邪魔者になれば保たれる

家庭の平和だけに限らないが、人間というのはみんなが仲よくしていくためには、誰か一人を邪魔者にして、全員が結託するような面があると思う。家庭においては、その邪魔者が父親なのだろう。わが家でいえば、わたしを邪魔者にすることによって、母親と娘三人はひとつになれるらしい。これは、わたしがいじけているわけではない。家庭とは、そういうものだと思うのだ。

わたしは、いつでも「邪魔者にされてるナ」とか「疎外されてるナ」と感じているし、どの家庭の父親も、多かれ少なかれ、家庭における疎外感をもっていると思う。そして、わたしに言わせれば、この疎外感に耐えられるのが、いい父親の条件だ。

友人から聞いた話だが、ひとつの例を紹介しよう。

ボーナス・シーズンが近づいたころ、彼はたまたま早い時間に家に帰った。そして「ただいま」とも言わずに、スッと上がっていくと、コタツを囲んで細君と子供たちの話し声が聞こえてくる。

「ボーナスが出るけれど、みんなはなにが欲しい?」

「コートが欲しい」

「ぼくは、自転車」

細君も、

「わたしはショール」

などと言って騒いでいる。そのとき、長女がハッと気づいて、

「ところで、お父さんになにを買ってあげるの？」

と言ったらしいのだ。一瞬、居間にシラーとした空気が流れ、しばらくして細君が口を開いた。

「お父さんは、靴下でも買ってあげようかしら」

「そうね、靴下でいいわね」

彼は、そういう会話を障子の陰で聞いてしまったのだ。それで、また足音を忍ばせて外へ出た。

居間に漂っている家庭の団欒の雰囲気は侵しがたいものだ。仮に、彼が障子を開ければ、それは、一発で壊れるだろう。

「アッ、お父さんがいた」

というわけで、形相も変わるだろうし、あわてて話も中断されるだろう。つまり、父親が疎外されることによって培われる家庭の団欒というものがある。父親とは、そういうものだと思い知るべきだ。

ボーナス時期になると、どこの父親も酒を飲んで帰宅時間は遅い。これは懐《ふところ》がリッチだからではなくて、家族の団欒に入り込めない諦めみたいなものが心情としてあるからだ。とかく父親というのは、ボーナス・シーズンが苦手だ。

家にいるのが、女だけの場合に限らず、息子と母親の場合でも、彼らは結託することによって、家庭の平和を保つ。そして、そこから弾《はじ》き出されるのが、父親の役割なのだ。

ただ、いち早く父親の存在に気づくのが、長女の役割だろう。

わたしは母親と娘たちから、この結託意識を感じたときは、テーブルをひっくり返したりして、デモンストレーションを起こしてきた。しかし、このテーブルも、いつしかわたしの手ではもち上がらないような重いものに替えられてしまい、なさけないことに、いまはひっくり返すこともできない。

おかけで疎外された気持だけが、ますます強くなった。わたしの、こういう行動を見ていて、次女や三女は「またやってるよ、お父さんは」などと言う。彼女たちも、もうウンザリしているのだ。しかし、なんと思われようと「父親だぞ」ということだけは、わかってもらわなければ困る。わたしは、心を鬼にして暴れる。

だが、こういう父親の気持を最初にわかるのが「長女の条件」だと思うが、どうだろう。

# 第4章
# 長女の条件、その性格

## 長女意識はさまざまだ

### 長女らしさを考える

われながら生意気だと思うが、わたしは、朝日カルチャーセンター・横浜で「文章講座・コラム作法」というのを開いている。もうすでに五年目に入るのだが、講師であるわたしは、毎週、受講生に宿題として作文を書かせている。

この作文は五年になるから、かなりの本数があるのだけれど、そのなかから「長女」という問題に関係のある文章を紹介したい。もちろん、これらの作品を書いてくれた受講生のみなさんにはお許しをいただいている。

かならずしも長女について書けといった文章ではないので、いや、むしろそうではないからこそ、長女というものがよくわかるような面もあって興味深い。これらの文章は、長女がなにを考えているか、長女がどういうものであるかについて、たぶん共感を得られるような文章だ。

また、男性の読者には、あなたが結婚する相手は、ひょっとしたら長女かもしれないし、あるいは長女の妹たちかもしれない。その意味では、相手の女性を研究するために、たぶん参考になるだろうと思う。まずは読んでいただきたい。

## 長女らしい性格だから長女に生まれた

最初は「長女について」という会社員・有田昭子《ありたあきこ》さんの文章——。

《「長女」という言葉を見ると、いじらしさが胸いっぱいに広がり、鼻の奥がキュンとなってくる。

わたしは二人姉妹。二歳下の妹は甘えん坊で、いつも父母やまわりの大人たちにベタベタと甘えていたのだが、わたしは、はずかしがり屋のせいか、それとも姉だったためか、甘えたくてもそうできなかった。いつもおとなしく、大人に甘えることのできない女の子だった。

小学校へ入ってからも同じで、クラスメートたちのように先生のそばへ行って甘えたりできなかった。

クラス委員をしていたので、クラスの「長女」のように思っていたのかもしれない。

勤めるようになってからも、上司や先輩たちに頼ったり甘えたりしないわたしは、ツンとすました生意気な娘に写ったことだろう。

「尾を振る犬はかわいいという言葉があるのよ」と忠告してくれた先輩もいたが、わたしの尾はマヒしてしまい、振ることはできなかった（仕事を離れると三枚目で、いつも友人たちを笑わせていたのだが……）。

本当は甘えん坊のわたしは、結婚したら夫となる人に思う存分甘えようと思っていたのに、なんということか。子供のころからの練習不足で甘え方のわからない、人に甘えることのできない人間になっていた。

わたしの幸福《しあわせ》な友人たちのように、男性から一度だって、か弱いお姫様のように扱われたこともないし、「頼りなげで、ほっとけないヨ」などと言われたこともない（淋しい気もするが、もし言われたら、じんましんが出てしまうだろう……）。

淋しがり屋のくせに本心を表現できなかったわたしには、いつの間にか逞しさが備ってしまったのかもしれない。こんなわたしだったから長女に生まれたのだろう。長女だったから、こうなったのではないと思う。

神様もその辺は心得ていたのだろう。

ナルシストの「長女」に乾杯！》

有田さんは、わたしに話すときはとても素直なお嬢さんだし、こういうふうに素直に育って来たということについて、御両親もまた素晴らしい人だろうと想像する。

しかし、講師としては、講師もまた娘の父親であるから、ただ受講生と講師の関係だけで、こういう文章を読むわけにはいかない。やはり読む以上は父親としての思い入れもあるわけだ。自分の娘と比較するのもナンだけれど、はるかに素直で、羨ましいような性格だ。お父さんお母さんの教育がとってもうまくいった例だろうと思う。

長女という長女が、みんなこんなに素直であるとは思えない。が、ただ、この文章のなかには《こんなわたしだったから長女に生まれたのだろう。長女だったからこうなったのではないと思う》という素晴らしい発見がある。これは、父親としても大変参考になった。

## 気楽な（?）長女は、こう思っています

有田さんの作品が「陽性」だとするならば——必ずしも「陽性」がよくて「陰性」が悪いというわけではないけれど、同じ長女でもこんなにもちがう長女がいるということで、今度は検査技師・戸塚《とつか》英里《えり》さんの文章を紹介したい。

《最近、わが家の御長男様である弟をみていると、かわいそうだなあと思うようになってきた。二人しかいない姉弟で、しかも双子。ただ男女の性のちがいだけで、こんなにも立場がちがってくるのかと思う。

中学生のころあたりから、なんとなく「おまえは長男だよ」という、親からの思い入れが弟のまわりをおおっていき、いろいろな期待を肩に負わされていったのである。

定年を過ぎた父と、そして母は「体の丈夫なうちは、おまえの世話は受けないけれどネ……」と意味ありげに言い、適齢期をとっくに過ぎてしまったこのわたしも「もし、嫁にいきそこなったら……」なんていう甘い考えを胸のなかにもっている。家族じゅうが心のなかでは弟によりか

かろうとしているのだ。

長男なんだから――と、上にかならず言葉をつけられて、法事や葬式の段取り、親戚へのあいさつ、いろいろ注意してみておくようにと、親のほうからの教育も余念がない。

現在、社会人となった弟は、立派な長男にもなった。夜遅くに、下水が詰まったと騒いでいる母にせかされ、懐中電灯片手にマンホールに首をつっこんで、なにやら必死で掃除して、髪の毛にクモの巣をつけ、下水のひどい臭いをさせてもどってくる。わたしと母が派手なケンカをしたときは、なんとか母と姉のキゲンを取りもち、家庭内の波風を荒だてないようにと気をくばっている。

「あなたは、いつからこんなに気のつく、がまん強い男になったの?」と同じ年齢ながら、わたしとずっとちがう弟に脱帽。

せめても、わたしだけでも弟に頼らず、一人でも生きていけるようにならなくてはネ。これからお嫁さんもらったり、両親の面倒みたりで大変でしょうけど、長男の重圧をはねのけて、好きなことやらせてあげられたら……。気楽な長女は、こう思っています。》

これは、自分に対する洞察というか、自己分析がかなりシャイで、いくぶん皮肉なところがある。自分を客観的に見る力をもっている。そういう意味で大変面白い。また、有田さんには下に妹がいて、戸塚さんには弟がいる。つまり妹のいる長女と弟のいる長女である。長男と長女の重さが滲み出てくるわけで、そのためにたぶん自分に対する見方が皮肉になったのだろうと思う。「自分は気楽な長女」という表現のしかたは、シャレにはなっている。そうして「自分は気楽な長女だと思っています」と書くことによって、サラリと逃げている。

しかし、ここまで自分を皮肉に見ることができるのだったら、講師としては「小姑予備軍くらいの気持をもったらどう?」と言いたいところだ。ジョークとしては、かなりきついかもしれないが、筆者の戸塚さんは、そういうジョークも上手に書ける文章力の持主だと思う。

## 長女の損得計算

### 長女には差し引きゼロの平衡感覚がある

いままでの文章は、父親も母親も健在である長女の文章だ。人生にはいくつかの悲しい句読点、たとえば母親の死とか、父親の死とかいう、そういう句読点がある。そのなかで、長女であるが故に母親の死に直面して、その母親がわりになって生きていかなければならないケースも出てくる。

そういうひとつの例として、学生・桑畑直子《くわはたなおこ》さんの文章を紹介する。

《長女に生まれて二二年がたった。この位置に不満を抱いたことは、あまりない。妹が二人、弟が一人いるが、そのなかでは大人扱いされている。

上の妹とわたしは二つちがいである。母も伯母とは二つちがいで、これは次女、即ち妹と同じ立場であった。母は、自分が子供のころにはいつも伯母のおさがりを着せられたからと、わたしたちにはお揃いの服を着せたがった。

厳しい母で、伯父に言わせると、わたしは母の宝物だったという。宝物だからこそであろうが、とにかく厳しかった。四つのときにオルガンを、五つからはピアノを習っていたが、父に言わせると、母はわたしの手をものさしで叩いて練習させたそうだ。だが、妹のほうは決してそんなことはなかった。よく妹と喧嘩をしたが、叱られるのはやはりわたしのほうだった。

母が亡くなってから、叱る人がいなくなったせいか、逆にわたしが妹や弟を叱ることが多くなった。長女の特権かと思うが、母の生前には許されなかった。弟はまだしも、妹のことはほとんど叱れなかった。第一、妹とは年が近すぎて、叱っても効きめがない。

父は意外にわたしを頼りにしてくれている。相談してくれることが多いが、時にはいまいましそうに「金食い娘」とわたしを呼ぶ。長女として、少なくとも妹や弟より早くから父に食いついてきたし、小さいころから割とお金をかけてもらってきたように思う。

好きになる人がほとんど長男なのも、自分が長女に生まれたせいだと思う。妹を見ていると、次女や次男というのはどうも好きになれない。要領がよく、最後の段階になると、つい人を頼るように見えるのだ。

長女や長男は、どうも気負いがちである。一番上なんだから、長男なんだからといっては、いろいろ押しつけられやすい。そのうち、自分の役目を気負うようになってしまう。不合理だなアと思う。損得は差し引きゼロかもしれない。》

この文章のなかでも言っているように、長女は「損得は差し引きゼロかもしれない」という計算がつねにはたらく。そうして、ゼロであるようにゼロであるようにと、平衡感覚を保っていくのだ。これが長女的な性格である。

彼女には妹が二人いる。この妹が、もし桑畑さんのような感覚で生きていくとしたら「自分は損だ、マイナスだった」という受け止め方をするだろう。これが二番目の子の人生に対する感覚――ひるがえって積極さになっていくわけである。このマイナス感覚があるため、二番目の子は他人より一歩でも二歩でも前に出ようとする。だから、長女のほうが性格としてはバランス感覚がとれている。桑畑さんの文章はそのひとつの例である。

## 父親は冗談めかして言ったのだよ

実はこの文章を読んだあと、わたしは、桑畑さんに「人間関係がわかりにくいので、同じテーマで書いてみるように」と注意した。そうして書き直させたのが、次の文章である。

ただ、自分が勉強したいと言ったときに、お父さんがポロッと「金食い娘」と言ったことについては、あまり深い意味にとらないでもらいたい。父親は「おまえは金食い娘だ、金ばっかり使って」というような言い方をするかもしれないけれど、それを冗談だと受けとめてやれるだけの度量をもってくれれば、父親はもうちょっと安心するだろうし、彼女ももうすこし大きくなれるだろう。

では、ふたたび、桑畑直子さんの文章。


《もしかしたら、これはひどい裏切りではないかと思うことがある。あのとき、父はすまなそうに、そしてせつないような声でポツリと言ったのだ。

「パパにだって、話し相手が欲しいんだよ」

一五のわたしには、ズシンと響くことばだった。

母が入院して以来、わたしの肩にかかる重い荷物は、傍《はた》で見るよりひどいものだった。父はひどく忙しく、不規則な仕事だったたし、妹は非行にはしり始めていた。弟は幼稚園の送り迎えも含め、一番愛情を欲しがる時期にいながら、それに飢えていた。かく言うわたしは、遊びたいさかりで、友だちとおしゃべりすることが一番楽しかったころである。

母が生きている間は母自身の口から結婚して以来の愚痴が、また、亡くなってからは母方の祖母の愚痴と父への悪口が片耳へ吹きこまれる。そして、もういっぽうの耳へは、それに対する父の抵抗が、これは計算づくだったのか、ソロリソロリと流れこんでくる。
梅雨の初めの雨の朝に母が逝ってしまってから、妹のおこすさわぎは、多く、大きくなってい
き、最後には誰もが見離しそうだった。父方の祖母は、アパートの階段で足がおかしくなったか
らと言って、帰ってしまった。
家事の一切が、私の両手になだれこんできた。学校と、遊びと、家事と育児をこなすのは、な
まじっかなことではない。挙句《あげく》のはてに、家のなかはひどい有様で、自分でも手のつけられない
状態になるまでに、時間といえばわずかしかかかっていなかった。
そんなときの父のことばである。一五歳のわたし自身が重荷に耐えきれず、いっそのこと結婚
すればこの家から抜け出られるなどと、夢を描いていたのだ。
うなずかないわけにいかなかったのである。
たぶん、あのとき、わたしは共犯者になった気分だったのだと思う。父を再婚させないように
と、小さい弟のことを最後まで思ってわたしにたのんで逝った母のことばを、裏切ることもしか
たないと、自分を納得させていた。
母が亡くなった翌年の春に、父は再婚した。父とわたしの年の、丁度あいだの年の義母であ
る。それから二年後に、末の妹が生まれた。わたしと一八ちがうから、乳児のころ、わたしがあ
やしていると子供とまちがえられて苦笑することがよくあった。
そのころ、父の仕事の都合で、上の妹だけを残し、千葉に引っこした。半年後にわたしと入れ

替わった。たまに帰ると、父と争うことがある。わたしが遊んでばかりいるとか、友だちが多すぎると言う。これが裏切りでなければ、一体なんだというのだろう。

間もなく、すねかじりの学生生活が終わる。終えたくないと思うのは、復讐したいという気持の延長かなアと思う。

なにはともあれ、金食い娘の長女と、親不孝の多かった上の妹と、まだまだ頼りない弟と、そしてやんちゃな末の妹のため、父上どうか長生きしてくださいと、背中に拝むときもある。》

## 雨彦の〝外の長女〟たち

### 〝外の長女〟はキャリアガール

ここでわりと受講回数の多い人の作品を二つ紹介する。実は、わたしのクラスには卒業しない人が多いのだ。受講を打ち切らないで、ずっと残っているわけである。そのなかに現役のＯＬで仕事を持っていて、なおかつ独身で頑張っている人がいる。

わたしは、自分のクラスで彼女たちのことを〝外の長女〟と呼んでいる。わたしには実際に家庭に長女が一人いて、それからこの文章講座のなかでなかなか卒業しない二人の長女がいる。年齢は娘よりも上だが、講師としては「外の長女です」と紹介している。二人の長女という言葉はおかしいかもしれないが、そういう雰囲気のお嬢さん二人なのだ。

二人はキャリアガールとしてはかなり力のあるＯＬで、一人は何回か職場を変え、一人はひとつの職場でがっちりと仕事をしている。

## 長女は妹役にあこがれる

そのうちの一人でデザイナー田代光《たしろひかり》さんの文章だが、この作品も、実は長女について書けといって書かせた文章ではない。ホントは「中年について考える」というテーマで書かせたものだが、書き出しの一行が「わたしは長女である」となっているところから、ここに採り上げた。

《わたしは長女である。二人姉妹の姉のほうである。

小さいころから、学年一の身長を誇ってきたせいか、同級生のなかでも、やはり「お姉さん」的な存在だった。いまでも、同い年の友人のなかでは、世話役とかまとめ役とかで「お姉さん」役になってしまう。

こういうことはむかしからなので、別に苦ではなく、自然にそうなってしまうのである。

ところが、社会に出てみると、年上の方との付き合いが多くなった。いわゆる「中年」と呼ばれる方々で、わたしの親というよりは若くて、ちょっと年の離れた兄や姉というくらいの年の方方だった。年上の方々との付き合いは、正直、はじめのうちは肩がはったが、そのうちとても居心地がよくなってしまった。

世話を焼いたり、まとめ役をしたりしなくてよいのである。手を焼かせないようにしていればよいのである。こんな役ははじめてだった。「妹」役がこんなによいものだとは、いままで知らなかったのである。

わたしは人見知りする。が、好奇心旺盛で、知らない人々の集まりにも、ノコノコと出かけて行く。地元のコーラス・グループに入ったり、カルチャー・センターの講座を受けたり。ほかにも一、二のグループに顔を出しているが、それがみんな中年の方が中心のグループなのだ。「お兄さん」や「お姉さん」がたくさんいる。そのなかで、わたしはホンワカと「妹」役を楽しんでいる。

同い年の友人は「中年趣味」と言って笑うけれど、この気分、きっとみんなにはわかってもらえないだろうなあ。

年下の友人は「ヤサシイ」。同い年の友人は「やさしい」。でも、年上の中年の友人は、みな一様に「優しい」のである。

「中年」との年の差も、年々縮まっている。今年三一歳のわたしなど、もうりっぱな「初中年」だろう。

優しくならなければ……。》

父親というのは、どうしても長女を見る目がきつい。早くから一人前の人間として認めたいという欲求があったり、父親自身が未熟であったりして、長女の気持を慮《おもんぱか》ることができない面がある。だから、長女はそれとなく不満を抱いているのだろう。

しかし、一方で、早くから大人として認められる立場にあるために、それとなく、自負心や自己満足を抱いている場合がある。そのへんの心理がうまく出ている文章である。

## 長女役から降りたいときもある

ところで、こんどは長女について書けという宿題で、田代光さんが改めて書いた文章があるので、これを紹介しよう。

実は「中年について考える」という文章の書き出しが「わたしは長女である」という文章だったことから、講師であるわたしは、彼女に長女について書いてもらおうという気持が起きたのである。田代さんには大変きつかったかもしれないが、彼女は二週続けて同じテーマで書かなければならなかったわけだ。それに応えてくれた作品がこれである。

彼女は実に長女らしく、伸び伸びとしている。生徒さんとしてもそうだし、外見的にも背は高いし、美人で、ユーモアもわかる素敵な女性である。

《最近、たて続けに「あなたは末っ子でしょう？　上にお兄さんがいらっしゃる感じ」と言われた。言われた本人は「エッ！」である。いままで、こう言われたことは一度もない。たいてい「長女でしょう。下は妹さんかしら？」と、どんぴしゃりである。たまにハズれても「弟さんかな？」くらいだ。「長女」であることを、まちがわれたことはない。

「長女」といっても、他の兄、弟、妹との組み合わせや、ひとりっ子の場合など、いろいろな場合があるだろう。が、「長女タイプ」というのがあるとすれば、さしずめわたしなどその典型的なタイプだと思う。はじめての子で、下に弟や妹のいる「お姉さん」というタイプ。小さいころから、弟や妹の面倒を見慣れているので、世話焼きで、しっかりしていて、無鉄砲なことはしない優等生。ＰＴＡでも「真面目な良い生徒ですよ」と言われるタイプ。こういう子は、大人になっても、やっぱりそのまま大人になるものです。つまんない。

「長女」と「長男」の場合は、ちょっとちがうように思う。もちろん長女と同じような「長男タイプ」もあるが、親の身上をつぶして、放蕩息子になったりするズッコケたのも出てくる。こういう長男のなかには、味のある大人になるものもいるが、長女というのは、どうみてもワンパターンのような気がする。

　たて続けにこういうまちがわれ方をすると、わたし自身になにか変化が起きたのだろうかとも思う。妹が嫁いで、ただいま、わが家は両親とわたしの三人家族である。つまり「ひとりっ子の長女」という立場に似ている。このへんが、変化といえば変化だが……。こんなことで、長年のワンパターンが変わるとも思えない。

「なにが彼女を変えたのか……」と、気どるほどのものでもないが、他人からみれば、幾分かの変化があったのだろう。オリたいと思ったこともある「長女」役、気がつかないうちにオリていたのだろうか。そうなると……どうなるのだろう？》

## 「兄のいない長女は暴君である」

もう一人の「長女」は、クラスの議長をやっている公務員の渡辺佳子《わたなべけいこ》さんだ。わたしの文章講座では「作文を提出する前に、できるならば肉親、つまり、身近にいる人に見せてこい」と教えている。たとえば、家庭の主婦ならば夫に、夫ならば奥さんに、お母さんならば子供さんに、あるいは姉妹がいるなら妹に見せて批判してもらってくるように、と言っているのだ。

あるいは「自分が聞いた話を家に帰ってかならず家族に話せ。話せばコミュニケーションも出てくるだろう」と言っている。彼女はそれを忠実に守っている。そのために、妹との対話、つまり、長女は姉として妹とどのように対話しているか——ということが、よくあらわれている文章である。いかにも長女らしい、お姉さんらしい文章だと思う。

《兄のいない長女は哀れな存在である。

そして、わたしは哀れな長女である。

長女に生まれて、得をしたと感じたことは一度もない。いつも、損な役ばかり。

生まれたときは「ああ、女か」――親は男の子を期待していたらしい。

それでも、はじめての子だから可愛がられる。

しかし、チヤホヤされるのも次が生まれるまで。下が生まれると、王女の座から下女へ一挙に転落だ。妹が両親の愛情を独り占めするようになる（と、子供心に思ったものである）。

「お姉ちゃんでしょ、我慢しなさい」

姉妹げんかのたびに言われた言葉。いつも我慢を強いられた。これで忍耐強くならないわけがない。かくして、長女の性格は作られる。

〈長女の性格〉

甘えることを知らない。

気が弱い。

涙もろい。

強がりを言う。

空想家でありながら現実派（または、その逆）。

優柔不断。

臆病である。

ファザー・コンプレックス的傾向がある。

そして、

これら、自分の性格を隠すのがうまい。

以上は、長女であるわたし自身の性格分析である。それにしても、われながら可愛げのない性格だ！（――と、ここまで書いてきた文章を読んで、妹が言った）

「ウソばっかり。次女のほうが哀れな存在よ。いつも姉と比べられて。お姉ちゃんにはコキ使われるし。長女の性格は、こうよ」

兄のいない長女は暴君である。

そして、コワイ存在である。》

## 長女も家族の「母親」

### **戦後を生きぬいた長女**

いままで紹介してきた文章は、極めて若い世代――講師であるわたしにしてみても、娘と呼んでいいくらいの世代の人が書いた文章である。ところで、次にいかに昔の長女（！）が大変だったかということを知ってもらう意味で、会社員・新井《あらい》照子《てるこ》さんの文章を紹介する。新井さんは、もちろん、わたしより年上で、わたしにとっては姉にあたる世代の人である。

戦争に負けた直後、日本の女性たちには恋愛の対象も、結婚の対象もいなかった。トラック一杯の女に男は一人というくらい、結婚する相手を見つけることが困難だったのだ。戦争中、一所懸命に生きてきて、なおかつ戦後は夫である人、あるいは兄である人、そして父である人もいないために、自分が自分の兄弟の父代わり、母代わりになったりして、自分の妹は嫁がせても、自分は嫁ぐことができなかった人が多い。そういうなかでしたたかに生きてきた人たちだ。昭和一ケタ世代にとっては、姉にあたる世代の人の文章である。

## 「嫁かず後家」長女の自己分析

新井さんは母の面倒を見、そして妹の面倒を見て生きてきた。その生き方の重さを、いまの甘やかされて育っている長女たちに知ってもらいたくて紹介する。

《生まれかわっても「長女」はもうご免蒙《こうむ》りたい。わたしは七人兄弟の上から二番目で長女、兄がいながら兄弟の要《かなめ》の役をしてきた。

弟や妹が次々に生まれるのは、可愛くてうれしかったけれど、豊かではないわが家では、育ち盛りは親も子も大変な騒ぎだった。

物のとり合いやお菓子の多い少ないでケンカばかりして家中をかけ回るし、食事の支度、後片付けも大仕事だった。長女のわたしには、家事の役割分担も多く、大きなお釜で腕まくりしてお米をといだり、炭や薪を運んだりもした。

遊びにでようとすれば、目ざといチビがすぐに追いかけてくるし、両親に大切にされている近所のひとりっ子が羨ましかった。

父は子煩悩で、どの子も一様に可愛がっていたが、長女のわたしには期待過剰で、なにかにつけ「妹は妹たらずとも、姉は姉たれ」と言って我慢させるのだった。

物心つくころになれば、家の暮らし向きも察しがつくので、欲しいものがあっても親にねだることはできず、弟や妹が買ってもらうまでむずがっているのを見ていると、母が可哀想で、自分のことは諦めが先にたってしまうのだった。

少女のころの生活環境は、よくも悪くもわたしの性格をつくり上げたように思う。消極的で自分を抑え込んでしまい、現実的でかなわぬ望みは早々に見切りをつける諦め上手になった。

わたしが二〇歳《はたち》、庭の金木犀《きんもくせい》がオレンジ色の小さい花を満開にしていたころ、母が死んだ。それから一〇年の間に、兄と妹二人の結婚、父と弟の葬式があった。肉身の死と兄弟の多いことは、長女のわたしに「三界の首枷《くびかせ》」でもあったが、反面、家族になにか起これば兄弟力を合わせ、共同募金でお互いを支える強いかすがいでもあった。

あるとき、いとこから「おまえが嫁《い》かず後家になったのは、お母さんが死んだことや戦争のせいだけではない。おまえの性格もあるのだよ」と言われた。これは正に図星で、心に深く響いた。「諦め」に逃げ込み、自分を大切にしなかったのは、わたし自身にほかならなかったのだっ

た》

新井さんは「おまえが嫁かず後家になったのは、お母さんが死んだことや戦争のせいだけではない。おまえの性格もあるのだよ、と言われた」というのである。この言葉は、有田さんの文章と対応する。有田さんの文章の「こんなわたしだったから長女に生まれたのだ。長女だったからこうなったのではないと思う」というのと、ちょうど対応するのである。

いとこの「おまえの性格もあるのだよ」といった、言葉を受け止めているこの新井さんの性格が、やはりそれがそっくりそのまま長女の性格ではないか――とわたしは思うのだが、どうだろう?

# 第5章
# 長女よ、キミは自由なのだ

## 長女よ、わたしは本当におまえの父親か⁉

### 畑がどうした！　種がどうした！

新聞記者時代のことだ。子供のできない友人がいた。夫婦とも、子供をほしがっていたから、努力だけはよくしていたようだ。

もっとも、子供ができないために、夫婦げんかもよくしたらしい。子供ができない責任を、お互いになすり合うのである。

その日もいつものように夫婦げんかがはじまった。

「畑が悪いんだ」

「種が悪いのよ」

ここまではいい。

しかし、激昂した友人は、うっかり口をすべらせた。

「バカ言え。オレは、むかし子供を生ませたことがあるんだぜ。慰藉料もちゃんと払った」

一瞬、部屋は静まりかえり、夫婦げんかはさらに陰惨になった。

彼は、この話を、酒場でグチをこぼすというスタイルで、わたしに聞かせたものだ。

「畑が悪いんだものな、オレは悲劇の主人公さ」

そう言いながらも、彼は笑みを浮かべている。畑は悪くても種は一人前という気持がミエミエだ。

「事実、オレは飲み屋の女に子供を生ませたんだからな」

「ちょっと待てよ」

わたしは話をさえぎり、続けた。

「おまえ、だまされているんじゃないか」

彼はフに落ちない顔でわたしを見ている。

「それ、本当におまえの子供か」

「……」

彼は愕然となり、言葉が出ない。ひょっとしたら……と思っているようすだった。その夜の酒が通夜のような酒になってしまったことはいうまでもない。

## 十月十日の差は大きいゾ

実際、こんなことを言うと、また叱られるかも知れないが、父親にとって、生まれてくる子供が自分の子供かどうかなんて、まったくわからない。

母親は十月十日《とつきとおか》お腹のなかに入れておくから、自分の子供と実感できるだろう。仮に子供を憎らしいと思うときがあっても、十月十日を思い出せば「やっぱり自分の子供なんだ」と気を取りなおすこともできる。しかし、父親にはそれがない。

「十月十日前のことを思い出せ」

と言われても、とても無理である。

〽ちょっと前なら憶えちゃいるが
　十月十日前だとチトわからねェなあ

である。十月十日前のことなんてわかるはずがない。

その点、母親はホントによく憶えている。大きくなった子供たちに、

「つわりになったとき、この柱につかまってガマンしたのよ」

「おまえは予定日より一週間も早く生まれたのよ」

十月十日の期間の記憶ならコンピューター並みだ。

演出家の蜷川幸雄《にながわゆきお》さんが話してくれた。

「妊娠中は、お腹のなかにビールびん一〇本ぐらい入っているのと同じだそうですよ」

「へえー、おもしろい。ぼくも入れてみたいな」

そのときは、そう答えたけれど、中身だけならともかく、ビンごと入れたのではきつい。

しかし、十月十日のきつい期間を経験するからこそ、母親は子供が自分の子供であることを実

感するのだろう。

父親のほうは、そうはいかない。

子供が生まれて「おまえの子供だよ」と言われ、そうかなあと思うのは、後知恵である。

俗に「産みの親より育ての親」というが、哀れなるかな、父親は「産みの親」なのか「育ての親」なのか、わかったものではない。

赤ん坊は、生まれたときはみんな猿みたいなもので、長女が生まれたときも、真っ赤でくしゃくしゃな顔だった。

「おまえに似ている」

と言われて、

「冗談じゃない」

と答えてしまった。ホントに、これが自分の子供なのだ、という実感はもてなかった。

しかし、それでも、やがて可愛くなる。なぜ、可愛くなるのか？　要するに、

「自分の子供だから、可愛い」

というのではなくて、

「いっしょに生活するから、可愛い」

と、こう思うのである。さらに、子供はわがまま放題で、

「世話をやかせるから、可愛い」

というふうになるのではなかろうか。

父親は、赤ん坊が産院で取り替えられてもわかりはしない。母親のおこないが悪く、ほかの男の子供だったとしてもわかりはしない。それでも、父親が子供を可愛く思うのは、生まれたときからいっしょに生活しているからだ。

女房とは大人になってからのつきあいだから、お互いに遠慮もあれば気兼ねもある。だから、それほど可愛くはない。赤ん坊にはそれがない。わがまま放題に動きまわり、それに対して親は右往左往する。それがなんともいえず可愛いのだ。

## 本当の父親とは自分の子供かどうか疑うものだ

では、どうすれば父親としての意識をもつことができるのか。

結論からいえば、逆説のようだが、

「本当に自分の子供かどうか疑ってみる」

というところからはじめたい、とわたしは思う。

わたしは長女が生まれてからしばらくの間、自分の子供であることに疑いをもちつづけた。そ

して、困ったことに、そんな心のありようが、妻との日常会話にボソッと出てしまう。

「本当にオレの子か」

「冗談じゃないわ。ちゃんと顔を見なさいよ。あなたそっくりじゃない？　かわいそうに……」

「それも、そうだな」

妻の言葉で、わたしはなんとなく納得したのだ。妻はばかばかしいといった態度でわたしに背を向ける。が、わたしは妻の背中を見ながら、

「待てよ」

と思った。そして、

「他人の空似《そらに》ってこともあるじゃないか」

とつぶやいていた。

わたしを猜疑心《さいぎしん》の強い男だと笑うのは結構だ。が、わたしに言わせれば、逆にそこまで疑わないような父親というのは、どうもうさん臭い。

たとえば夫婦である。

この女と別れたいと思ったことのない夫婦、この男と別れたいと思ったことのない夫婦というのは、本当の夫婦とは思えない。

どうしてこんな女、あるいは男といっしょになったのだろうかと悩み、何度か別れる決心をする。それをくり返して、夫婦はやっと「本当の夫婦」になっていくのである。

父親と子供の関係も同じではないか。子供を自分の子供ではないと疑いもしないような父親が、果たして本当の父親だろうか。くり返して疑うことによって、本当の父親と本当の子供の関係ができあがっていくように、わたしは思う。

母親は誕生までの十月十日、大変なエネルギーを使い、父親は誕生後しばらくは、疑うことにエネルギーを使う。こうして、家族は本当の家族になっていく。子供が自分の子かどうか疑いつづけることによって、父親は「本当の父親」になる。

## 別れたいと思ったことのない夫婦はニセモノだ

ところで――。

「お母さんはお父さんと別れたいと思ったことあった?」

あるとき、長女は女房にたずねたそうだ。女房は答えた。

「それが、ないのよ」

長女が微妙な年齢だったことを考慮したのかもしれない。長女は女房の答えに安心し、満足げな表情をしている。

さらに、わたしへのまなざしや態度がすこしずつ変わるのである。どことなく父親に対する尊敬の念にあふれてくる。

相手は誰であっても、

「尊敬される」

というのは、なんとも気持がいいものである。が、いい気持になりながら、わたしはフッと気づいた。これは重大な問題ではないか。

わたしは妻にもつねづね言っている。

「一度も別れたいと思ったことのないような夫婦は、本当の夫婦ではない」

と。しかし、妻は、このわたしと別れたいと思ったことは一度もない、と言う。

すると、わたしたち夫婦は、

「本当の夫婦ではない」

ということになる。おい待てよ！

さらに、長女がわたしに示してくれた尊敬のまなざしは、わたしの主張とちがうところにある。彼女は、わたしを誤解して尊敬しているわけだ。これは重大問題だ。わたしはあわてて長女に言った。

「お母さんは知らないけれど、お父さんはお母さんと別れようと思ったことは何度かあったんだよ」

長女はニヤニヤしながら聞いている。その目は、

「お父さんがまた冗談を言っている」

というふうに笑っていた。

## 長女よ、おまえは幸せだ

### 父親が詠む俳句には娘の匂いがする

わたしは、小説家の結城昌治《ゆうきしょうじ》さん、画家の村上豊《むらかみゆたか》さん、ルポ・ライターの高橋呉郎《たかはしごろう》さんらと、月に一回の句会を楽しむことにしていた。が、メンバーの一人である落語家の金原亭馬生《きんげんていばしょう》さんが亡くなってからは、なんとなく活気も薄れて、句会も解散してしまった。

いまでは、残ったメンバー同志で「やろうよ」「うん、やろうやろう」と言うだけで、なかなか実行できないでいる。

あのころのことを、思いおこしてみよう。

稚くて嫁ぎ行く娘《こ》よ花辛夷《こぶし》
末の娘《こ》の手を広げをり天の川
紫陽花の今年は遅き石畳

選句のときに「末の娘《こ》」と出てくると、なぜかわたしの作品ということになっている。ほかに、

末の娘《こ》も女となりぬ夏めく日

という作品もあったのだが、このときも、すぐにバレてしまった。そして選評のときには、例の論法になるから、男というのはどうしようもない。

「女になったというのはどういうことだ？　男を知ったということか、初潮なのか」

「初潮に決まってるじゃないか」

こうして、お互いにヤイノヤイノ言いながら句会の夜は更けていくのだが、みんなで「末の娘句集」でもつくろうか——と意見が一致したところで解散となる。もっとも、いつまでたっても実現しそうもない企画だが。

蜻蛉《とんぼう》の肩を落として止まりけり

蓑虫の天を覗いて吹かれをり

初雀競ひて砂を浴びてをり

このように、わたしは、ちいさな動物を題材にして、素直な句を詠んでいるつもりだが、ときどき意識してヘンな句も詠む。

ひとり寝の帯解きしとき稲妻す

ペン胼胝《だこ》の指に重たき缶ビール

誰も、わたしの作品とは思わないから愉快だ。選句のときに点数が入るたびに、ふくみ笑いをさせてもらっている。

長女を題材にしたものとしては、かなり古い作品だが、

肩の子の真白きタイツ初詣

というのがある。

## 長女なら名付親の気持を察してほしい

長女は優子《ゆうこ》という名前だが、名づけるときに、まず、画数の多い字にしようと考えた。将来、文字を覚えていくときに、自分の名前がむずかしければ、他の文字が全部易しく思えるのではないかという親心である。

それに「子」という文字をかならずつけようと思った。いかにも女の子らしくて、わたしは、大好きだ。しかし、これはかなり大変だった。わたしの姉や妹、大勢いる姪《めい》たちのほとんどに「子」がついている、彼女らとダブらないように名づけなければならないのだ。

姉が一子《かず》、千代子《ちよ》、ひとりだけ章江《あきえ》というのがいるが、ほかに妹が玉子《たま》、由起子《ゆき》、姪が恵子《けい》、明子《あき》、女房が洋子《よう》、義姉《あね》が民子《たみ》、佳子《よし》エトセトラ。そのなかで、なおかつ「子」をつけつづけたのである。

また、由香利とか小百合などの漢字が三文字の名前は絶対にイヤだった。偏見だが、八〇歳になって、由香利や小百合では困ると思ったからだ。

長女が生まれるとき、男の子が生まれるだろうとは、これっぽっちも思っていなかった。なぜかわからないが、女の子が生まれてくると信じきっていた。だから、ふつうは男の子の名前も考えておくものらしいが、わたしは一切考えていない。

案の定、女の子だったので「優子」と名づけたが、画数の多いことで第一条件は満たしている。また、当時のわたしの気持として、「人間は優しさが大切」と信じていたことも、ひとつの

理由だった。その優しさも「優しさとはなにか」と聞かれたときに、

「優しさはニンベンに憂うると書く――人は哀しいのだという気持、これが優しさだ」

と即座に答えることができる。そういう意味で、優子と名づけ、ひと

り悦に入っていたわけだ。

次女の名前は祥子《さち》。わたしの本名の福雄《ふくお》の示偏《しめすへん》と、女房の洋子のつくりの羊を合体させたものである。

三女は雅子《まさ》だが、これは長女の「優」と合わせて――優雅となる。

これがまた、もめる原因となる。長女は、

「祥子だけがお父さんとお母さんの名前をとっている」

と言う。ところが、次女は、

「自分だけが仲間はずれだ」

と言う。三女は三女で、

「雅はつくりに隹《ふるとり》があるから、字が重い」

と不平を言う。三人でいろいろとやり合っているようだが、どうしても長女と三女が手を結んで次女と対抗する形となる。優・雅vs祥である。名前の由来がこんなところまで影響しているわけだ。そうすると、次女は、

「わたしはいつもショウコさんって呼ばれるのよ。サチコとはなかなか読んでもらえない」

と、今度は、わたしに不満を言う。

名前をつけるときの親の気持というのは、真剣で、しかも素直である。アレコレ悩んだが、いちばんいい名前をつけたつもりである。しかし、三人が三人とも、自分の名前になんらかの不満

をもっているのだから、世の中うまくいかないものだ。

しかし、ならば、わたしはどうなるのだ?

「雨彦」というと、きれいな名前に聞こえるようだが、トンデモナイ。雨彦というのは、ヤスデという虫の別称で、ゲジゲジとかムカデの仲間の汚い虫だ。これをむかしは、アマビコとかアマヒコと呼んでいた。別に害はないのだが、見ているだけで嫌な気がする不快動物の代表格である。名は体をあらわすというのではないが、わたしの名はコレなのである。

三人とも自分の名前に不満を表明しているが、このわたしに比べれば、かなり上等と思えるのだが……。わたしからの不満を言えば、次のとおり。

長女が「優」しいかと問われれば、ちょっと首をひねりたくなるし、次女は、わたしと妻の名前をもっているわりには親孝行の精神が足りぬ。三女は男まさりで「優雅」とはほど遠い。しかし、親の思いどおりにはならないから、子供というのはカワイイのだろう。

## 苦労を知っている長女は幸せだ

三人の娘たちの前で、意識して言っていることがある。それは、

「長女は幸せで、妹たちのほうがかわいそうだ」

ということである。

わたし自身、いま、裕福な生活ができるようになったというわけではないが、人並みの生活は

できるようになったと思う。たいへん恥ずかしいのだが、二〇年のサラリーマン生活で、
「こんなに安い給料でやってきたのですか」
と職業安定所の女性に言われたこともあるくらいだったのだ。彼女は、けっして悪意があって言ったわけではなく、あまりの低賃金にびっくりして、フッと口に出てしまったのだろう。当人に向かって「こんなに安い給料で働いていたんですか」と言ったのだから、かなり安かったと考えていただきたい。

長女はそういう生活のなかで育った。お年玉はいったんはもらうけれども、母親に取り上げられ、生活費のたしにされる長女と、お年玉はお年玉でもらって、また別に小遣いをせびるような妹たち。家にはテレビがあるのが当たり前と思っている妹たちと、家にテレビを置くためには、親が一所懸命に働かなくてはならないことをまともに見てきた長女。長女と妹たちを比べれば、むしろ、長女のほうが幸せではないのか。

親から独立して自分だけで生活していくときに、長女にはすでに苦労という免疫ができている。しかし、妹たちにはその免疫がまったくない。家にいれば、生活できるだけの「物」があるが、自分一人で、あるいは男と暮らしていくときに、その生活の場には「物」がないのだと思い知ることとだろう。そのとき、どう反応し、どう行動するのだろう。

そういう意味のことを三人に言い聞かせ、「だから、長女のほうが幸せだ」と結論を言う。

そんな考え方は理屈にすぎないと思う人も多いだろう。しかし、父親としては、そういうふう

に言わなければならないのだ。

仮に、長女に向かって、

「苦しい思いをしたぶんだけ、おまえはぜいたくしてもいいよ」

とか、

「おまえには、妹たちの倍のお小遣いをあげよう」

とか言ってしまっては、たぶん長女はダメな人間になる。いかに詭弁と思われようと、あくまでも、

「長女よ、おまえは幸せだ」

と言いつづけるしかないのだ。そうやって、長女が飛躍できるように仕向けるのが親のつとめではないのか。

ついでに、これは長女だけではなく、三人に言っておくのだが、

「他人《ひと》さまに迷惑をかけないで生きていこうなんていう、おこがましい考えは絶対にもつな」

まず、人間は生きている以上、かならず他人に迷惑をかけているのだ。

最近の親たちは、とかく、

「他人にさえ迷惑をかけなければ、それでいいではありませんか。わたしは、そのような子に育てております」

と、もっともらしい顔をして言う。

冗談言うな、と言いたい。生きていること自体が他人に迷惑をかけているのである。他人に迷惑をかけないで生きていくことなどできやしないのだ。だったら、どうすればいいのか。

わたしが娘たちに贈る言葉がコレである。

「他人に迷惑をかけたとしても、その迷惑が愛されるような人間になれ」

## 長女よ、主婦業はバカにはできないぞ

### 娘に厳しいのは父親の思いやり

父親とはいったいなんなのだ——と考えることがある。

わたしの先輩で大正生まれの人と話をしたとき、わたしが、

「父親は、娘が転んだときに、手を差しのべてやるだけでいいのではないか」

と言ったところ、その先輩も、長女と次女の〝なぜかみんな女〟家族の父親なのだが、

「いや、ちがう」

と言って、続けた。

「オレに言わせれば、娘が転ばないように気をつけてやるのも、父親の務めだ」

なるほど、これが「大正の人間」と「昭和の人間」のちがいかナと思ったが、どちらが正しいのか、わたしにはわかるはずもない。しかし、先輩の言葉を聞いて、

「うーん、先輩のほうが、オレよりよっぽど優しいんだな」

と考えてしまったことは、確かだ。

まあ、イバるわけじゃないが、わたしも父親として、長女のためにそれなりの努力はしてきたつもりである。

自慢じゃないが、わたしは運動神経ゼロだ。だから、水泳もできない。

水泳ができないというのは、恥ずかしいものだ。だいたい、自転車と水泳だけは掛算の九九みたいなもので、子供のころ覚えてしまえば一生忘れない。だから、娘たちにも、自転車と水泳だけはできるように教育したかった。

自転車については、子供のころから店の品物を自転車で配達していたから大丈夫だったが、問題は水泳だ。

ここで自己弁護をさせてもらうなら、泳げない理由はもうひとつある。終戦直後のことだが、おふくろが台所でテンプラを揚げた後、煮えたぎったテンプラ鍋を台所の床に置いたのだ。そのとき、わたしが外から帰ってきて「ただいま」と言いながら、いきなり台所に足をあげた。そこには煮えたぎった油の入った鍋がある。ものすごいヤケドをした。

おふくろは、わたしをかかえあげると、ヌカミソの樽に足をつっこんだ。そのあと、米軍物資

の高い塗り薬を買ってきた。ふつうなら五本の指がくっついてしまうところだったらしいが、この薬のおかげで、それだけはまぬがれた。しかし、どこか神経がおかしい。水に入ると足がつってしまう。

そのため、作家の生島治郎《いくしまじろう》に、溺れているところを助けられたことがある。生島の本名は小泉太郎といって、わたしとは翠嵐高校の同級生だった。

いっしょに逗子に泳ぎに行ったとき、生島は溺れたわたしを助けてくれたのだ。いまだに悔やしいのだが、アイツはわたしの命の恩人でもある。

逗子の海岸は遠浅ではなく、急に深くなっている。仲間たちの手前、わたしは泳いでいるフリをしてピチャピチャ遊んでいたのだが、いつのまにか深みに入ってしまった。わたしは浮いたり沈んだり、静かに溺れていたらしい。

とにかく、それに気づいた生島が「あいつおかしいぞ」と言いはじめ、助けに来たらしい。ふつう、人は溺れるときには「助けてくれ」と大声を出すようだが、わたしの場合は実に静かだった——と、生島は笑う。騒ぎもしなければ、泣きもしない。だから、生島によれば「助けるのも楽だった」みたいだ。

「おまえは変なやつだ」

といった生島に、わたしは答えた。

「だって、オレは泳ぎ方も知らなければ、溺れ方も知らないのだ」

## 長女のために尾骶骨だって痛めるのが父親だ

こんな体験があるから、わたしは、自分はともかく、娘たちにはどうしても水泳を習わせたかった。親が泳げないからといって、海水浴に行かなかったり、プールに行かなかったりしたら、娘たちも水を怖がるに決まっている。だから、わたしは三女が物心つくまで、泳げるフリをしていたのだ。父親としての涙ぐましい努力である。

相手は子供だから、だますのはワケない。子供は浅いところで、わたしの泳ぐのを見ている。わたしは底に足をつけ、手で水をかきながら一歩ずつ前進する。娘たちには、わたしが泳いでいるように見えるのである。

サーフィンの真似までした。そうしておいて、子供たちを容赦なく水のなかに入れた。この努力がみのって、子供たちはすこしも水を怖がらなくなった。

つらかったのは真鶴《まなづる》半島の突端での出来事だ。そこは岩だらけの海岸なのだが、わたしは長女を抱いて、波打ち際まで降りようとした。乱暴なようだが、長女を海のなかにぶちこもうとしたのである。泳ぎを教えるのは、これがいちばんてっとり早い。

ところが、その途中で足をすべらせ、長女を抱いたまま転び、尾骶骨を打ってしまったのだ。長女にケガをさせてはいけないという気持があったから、ちょっと無理な体勢で倒れた。尾骶骨をモロに打つと脳みそまでキーンとくることを、そのとき初めて知った。まったく、子供を育てるということは命がけなのである。

おかげで、長女は高校時代は背泳の選手である。次女は水泳部に入っているわけではないが、大会があると、ピンチヒッターならぬピンチスイマーとして、かり出されるらしい。三女は、現在スイミングクラブに通い、人気者である。

仲間たちは、わたしが娘三人が泳げることを自慢すると、決まって同じ反応を示す。

「それは奥さんの血だろう」

しかし、女房も泳げない。だから、これはわたしの努力のたまものであることだけはまちがいない。

## 世の中は、見かけほど楽ではないのだよ

ところで、女房が長女に言い聞かせていることは、「手に職をもて」ということである。自分

一人で生きていけるように、最低の技術だけは身につけておけというわけだ。これにはわたしも賛成である。

しかし、次のような話になるとちょっとちがうだろうと思う。

台所で、女房と長女が話しているのが聞こえてくる。女房は長女にグチッぽく言った。

「家庭の主婦なんてつまらないものよ。たとえば晩ごはんだって、何時間も前からゴトゴト煮たり焼いたりして用意しているけれど、食事がはじまってしまえばあっという間だもの。十五分で終わってしまう……。救われないわ」

「そうよねえ」

長女は同意している。隣の部屋で二人の会話を聞いていて、わたしはカチンときた。

「手に職をもて」ということで、女房は主婦がいかにつまらないものかを強調するつもりだったのだろう。しかし、これはちょっとちがう。

「そんなこと言うなら、わたしの仕事も考えてくれ。わたしなんか胃がキリキリするような思いで、朝から晩まで机に向かって原稿を書いて、週刊誌のコラムなんか、読者が読むときは三分だぞ。三分で読まれてしまうんだぞ」

そして、続けた。

「ご飯のしたくをするということは、家族のために温かい食事をつくるということじゃないか。人間は誰かのために、なにかをするということが大切なんだ。そういうことをバカらしいというんじゃ困るぞ」

女房と長女にきちんとクギを刺しておいた。それ以降は「主婦業がつまらない」とは言わなくなったから、女房も長女も身にしみてわかったようである。

こんなふうに書くと、とても立派な父親に見られるのもシャクだから白状するのだが、外ではわたしもこれと同じようなグチを言っているのである。

「週刊朝日」の編集長だった涌井昭治《わくいしょうじ》さんと酒を飲む機会があった。そのとき、

「一日中机に向かって書いたコラムも、三分で読まれちゃうんだから……」

と言ったら、涌井さんいわく――。

「そんなことを言うんだったら、きみ、酒のことも考えろ。酒なんか、何年も寝かせて、のどを通るときは一瞬だぜ」

## 長女よ、新聞記者には嫁いでくれるな

### 長女は父親の後ろ姿を取材する

新聞記者時代、わたしはときどき家で仕事していた。資料は会社にあるよりも家にあるものの

ほうが多かったから、企画物の記事などは、家で書いたほうが便利だったのである。

当時の新聞の企画記事を書くときのルールは、次のとおりだ。

四〇〇字詰めの原稿用紙の、上から五文字目にサッと横線を引く。上の五文字分は空白のままにしておく。つまりタテ十五文字の原稿用紙として使うのだ。当時の新聞は一行一五文字詰めだった。そして、デスクが手を入れやすいように、一行おきに書く。

わたしが家で原稿を書いていたとき、長女はそれを見ていたらしい。小学校一年の「作文」の時間、先生が原稿用紙を配った。

そして、先生が、

「はい、書きなさい」

言うが早いか、長女は原稿用紙の上から五文字目に横線を引いて、一行おきに書きはじめたそうだ。

それで先生に注意されたらしい。

「なんですか、これは?」

「だって、お父さんがそうやっているんです」

このことを妻から聞かされたとき、わたしはなんとも複雑な気持になった。

そのとき思い出したのが、ジャーナリストの大先輩である唐島基智三《からしまきちぞう》さんのお嬢さんのことだった。お嬢さんも、長女だ。

唐島さんには、折にふれ、お嬢さんに言い聞かせていたことがあった。それは、

「どんなことがあっても、新聞記者とは結婚するな」

ということだった。そして、続けた。

「新聞記者なんてのは、おまえの父親だけでたくさんだ」

「どうして？」

「家庭も顧みないで、仕事、仕事で生きてきた。これでは家庭が不幸になる。お母さんがいい例だ。それに、お父さんは、おまえたちの面倒もあまりみてやることができなかった」

唐島さんは、長いあいだ家庭も顧みず、仕事に打ち込んできた。そのために家族に申しわけないという気持があったのだろう。

しかし、お嬢さんが選んだ男性は、やっぱり新聞記者だった。

「ナンダ！　おまえは」

唐島さんの怒りは尋常ではなかった。しかし、お嬢さんの答えは、唐島さんには予想もできないものだった。

「彼が原稿を書いている後ろ姿を見ると、お父さんが原稿書いている姿と同じだった。そう思ったとき、わたしはこの人と結婚しようと思ったの」

こう言われて、唐島さんは自説を曲げ、お嬢さんの意見に従うことになる。唐島さんは、お嬢さんの言葉をどんな気持で聞いたのだろうか。

## 娘を信頼していれば、父親は文句を言わない

もうひとつ、新聞記者の父親とお嬢さんのコンビで思い出されるのが、資生堂総合美容研究所長、美容学校長の、高賀富士子《こうがふじこ》さんである。女性で資生堂初の役員待遇となった高賀さんのお父さんは、新聞記者だった。

その父親のことを、高賀さんはわたしに、こんなふうに語ったものだ。

「わたしの父が残してくれたものでいちばんうれしかったのは、わたしがどんなに夜遅くなろうともひと言も理由を聞かなかったことです」

高賀さんにはこんなエピソードがある。

その日が徹夜仕事になるとは、前もってわかっていなかった。当時は女性もまだチヤホヤされていたので、上司も気をつかった。

「今夜泊まることを、お父さんに承諾を得てくれ」

「はい」

彼女はその場で電話を取ると、

「お父さん、今日は家に帰れないから」

「うん、わかった」

それだけで電話をきってしまったのだ。そのころは、いまとちがって、女性が外泊するなどトンデモナイ時代だったから、上司はびっくりした。

しかし、これは、要するに、

「父は娘を信頼している」

ということではないか。娘が働いている以上は、そうして、その娘がある程度の責任ある仕事に就いている以上は、残業があるのは当たり前のことだろう。そのために外泊するようなことがあっても、咎《とが》めることはひとつもない。こうした父親のもとで育ったからこそ、高賀さんは、資生堂でも初の女性重役になれたにちがいない。これも、父親が新聞記者だった影響はかなり大きいと思う。

## わたしの放任主義に不満を洩らすな、娘たち

さて、わが家だが、わが家の父親も元新聞記者なので、そのあたりのことは放任である。大学生だったとき、長女は家に帰るのが遅い。理科系でもあり、実験などで遅くなるのかもしれないし、ボーイフレンドとデートしているのかもしれない。

しかし、よその家庭にはよくあるようだが、

「何時までには帰りなさい」

などと言ったことがない。もちろん、

「どこでナニをしてた?」

というようなことも言ったことがない。そのため長女は、妻に白状したらしい。

「自由にさせてもらっているために、あたし、かえって自分で責任を取らなくてはいけないと思っている」

父親が新聞記者だったことは、思わぬところで娘たちに影響を与えているようだ。その影響がいいのか悪いのか、そんなことはわからない。わからないが、とにかくわが家はそんなシキタリである。

いまでは三女も、そのシキタリがわかってきたらしく、新聞記者の父親をもったことをかえって悔いているようである。

三女は朝起きて「頭が痛い」とか「腹が痛い」などとよく言う。そして、「今日、学校に行くのやめようかな」

と、わたしの顔色をうかがう。

「ああ、いいよ」

とわたしは言う。

これが三女には困る。三女によると、ふつうの親は、子供が「学校を休みたい」と言うと「いけない」と言うらしいのだ。これが子供にとっては快感なんだそうだ。親に「学校へ行きなさい」と言われれば反撥もできるし、手応えもある。

ところが、わが家の父親ときたら「いいよ」と言うものだから、いっぺんに張り合いが抜けてしまうみたいだ。そして、父親のわたしに注文をつけるのである。

「もっと子供に張り合いが出るように仕向けてよ」

「そうはいかん」

「ムッ」

三女は口をとがらせて、わたしを見ている。そうして、

「あーあ、お父さんにはなにを言っても張り合いがないんだから」

そうして、

「行ってきまーす」

そう言って、家を飛び出すのである。新聞記者の家庭とは、こんなものだ。

## 長女よ、一度は手に職を持て

**娘にも、やがて女らしさが見えてきて**

バカのひとつ覚えみたいに、

「なぜか、長女も、次女も、三女も、女だ」

と言うのが、わたしのジョークだ。むかし、ラジオかなんかでそうしゃべったら、三女の先生

が聞いていたらしく、

「三女は、男の子さんじゃないんですか」

と言われたのには恐縮した。

三女は、ことほど左様に、活発なのである。いや、三女だけではない。長女も、次女も、小学生ぐらいまでは「男の子じゃないんですか」と言われてきた。

実際、わが家の娘たちはどいつもこいつも男まさりで「女に囲まれている」というのは名ばかりの、ホントは男に囲まれているようなものである。

三人が三人とも、名前には「子」の字がついているのだが、三人が三人とも、小学校では、その「子」のところを「男」に変えられて、たとえば「マサオくん」と呼ばれてきた。木登りであれ、自転車であれ、幼稚園や学校ではいちばん先に手

を出し、いちばん先にケガをするのは、決まって娘たちだった。

子供のケガについては、

「子供は、ケガぐらいアタリマエ」

というのが、わたしの基本的な態度である。そのことは、初めて長女が木に登ったときに、

「ケガしたら、どうしますか」

と叱った女房に、

「ケガをしたって、いいじゃないか」

と言ってある。

「ケガをしてもいいって、あなた、それでも父親ですか」

と女房に言われて、

「たぶん、父親だと思うよ」

と答えておいた。

わたしが彼女たちの父親であるかどうか、わたしは知らないが、女房は知っているはずである。以来、女房はあきれて、子供が屋根に登ろうが、ガケから落ちようが、あまり文句は言わなくなった。

現に、次女は、三つだか四つだかのときに、三メートルほどのガケから落ちて、大ケガをしたことがある。前には書かなかったが、あのとき、わたしは、社内の野球大会でマネージャーをや

っていた。電話で、

「ケガをした」

と知らされ、早退させてもらった。

長女や次女や三女が生まれたときにも会社を休まなかったわたしが、子供のことで会社のことを投げ出した唯一の経験である。

それは、まあ、ともかく、

「女の子だからといって、木ぐらい登れなくちゃ困る」

といったふうに、あるいは、

「女の子だからといって、お人形遊びなんかする必要はない」

といったふうに、わたしは、実際の生活のなかで、娘たちに実行させてきた。そのために、自慢じゃないが、長女も、次女も、三女も、木ぐらいは登れるし、お人形遊びなどしたことがなかった。

実際、長女は大学では理工学部の化学科を卒業したし、次女も理工系志望である。汽車や自動車のオモチャの影響大というべきか。

## 長女には女である自由と幸せをつかんでほしい

ただし、娘たちには、

「いかほどの技術を身につけても、その技術にとらわれるな。将来、その技術を捨ててもいいような男に出くわしたら、思いきって捨ててしまえ」

と言ってある。せっかく女に生まれて、その自由を享受しないテはないと思うのだ。

わたしは、

「男と女と、どっちが幸せか」

と訊かれたら、

「もちろん、女さ」

と答える。

なぜなら、女は女と結婚しなくても済むが、男は女と結婚しなければならない。

そういうことなら、

「女だっておんなじだ」

と思うかもしれないが、それはちがう。

コト結婚に関するかぎり、なぜか亭主になる奴は規格品で、そんなに当たりはずれはないが、女房になる奴の場合は、そうはいかない。女房になる奴のほうが、当たりはずれが大きいのである。

言っちゃナンだが、だから、結婚に関しては、

「それだけ、女のほうが自由に生きられる」

というわけだ。

早い話が、結婚せずに職業を持ちつづけることも、結婚して職業を捨てることも、あるいは、結婚して職業を持ちつづけることも、女たちの自由だ。

男の場合は、結婚しても、結婚しなくても、職業を持ちつづけなければならないが、女たちは、それを捨てることができる。女と生まれたからには、これだけの自由は満喫してもらいたいというのが、わたしの願いだ。

それだけに、娘たちには、

「一度は職業を持つように……」

と、言うのである。

その職業を持ちつづけることも、捨てることも、娘たちの勝手だが、一度は持たなければ、持ちつづけることも、捨てることもできない。まして捨てる場合は、はじめから持たないのと、途中で捨てるのとは、まるっきり人生の重みがちがう。

職業を持つということは、

「場合によっては、一人で生きていくことができる」

ということだろう。

一人で生きることができなくて、どうして誰かを愛することができるだろう？　どうして他人の傷みをわかることができるだろう？

# 長女よ、親を捨てて身軽になれ

## 長女と母親の絆がどんどん太く強くなる

女親同士の会話を聞いていると、よく、

「お宅は娘さんでよかったわね。わたしの家は息子だから、どうせ他人さまに取られちゃう」

なんてことを言っている。

むかしは、嫁に行くことが「取られる」という意味だったから「取られちゃう」のはもちろん娘のほうだった。

ところが、近ごろは逆のようである。なにせ当世の結婚には、ババ抜きなどの条件が入るから、ヨメは姑に気兼ねする必要もない。だから、実家に帰るのも勝手気ままにできる。ひどいのになると、一ヵ月に二五日くらい帰るのではないか、と思う人もいるくらいだ。

まあ、帰ってきてなにをするかといえば、冷蔵庫を荒らしていくぐらいだろうが……。

当世の母親たちのほうも、気が利くというのか、過保護というのか、娘が帰ってくる日をみはからって、冷蔵庫に上等な牛肉なんぞを入れておくのだ。娘が冷蔵庫を開けることを見越してである。この上等な牛肉が、母親と娘の絆をさらに強く、太くしていく。

僭越《せんえつ》ながら、母親と娘の会話を想像してみると――。

「あっ、お母さん、このお肉どうしたの」

「お父さんとお母さんだけじゃ食べきれなくて、余ったのよ。良かったら持って帰りなさい」

「わあー、助かるわ。今日の夕食、どうしようかと思っていたのよ」

と、まあ、このあたりが一般的なところではないだろうか。

母親の気持は、

「若い夫婦の家計は苦しいはずだから、肉なんかもろくに食べてないだろう。たまには、肉でも食べさせてやりたい」

というものだろう。一方、娘の気持は、

「たまたま遊びに来たら、肉が余っていた。それとも、お母さんがわざわざ入れといてくれたのかな。まあ、どちらでもいいわ。どちらにしろ、お母さんの気持を無にしちゃいけないから、とりあえずもらっちゃおう。家計の節約にもなるし……」

といったところだろう。母・娘ともに気が利いているともいえるし、優しいなあとも思う。実家は、母親にとっても、娘にとっても、非常に居ごこちのいい場所なのだろう。

こんなことが日常的に行なわれているのだから、娘も日常的に実家に帰りたくなるのは当然だ。

しかし、これが逆だったら、ちょいと様子がちがってくるにちがいない。娘が実家に帰るときは、いつも肉を手土産に……なんてことになったら、娘もなかなか実家には寄りつかないのではないか。

そんなこんなで、とにかく昨今の娘は、たびたび実家に帰る。しかし、息子のほうはたまに実家に帰ったところで、冷蔵庫のなかをのぞくわけではないし、もともと実家に帰りたいと思うほど、親に魅力があるわけでもない。それに、たびたび実家に帰りたがる夫がいたりすると、これは少々気持わるい。

「お宅は娘さんでよかったわね。わたしの家は息子だから、どうせ取られちゃう」

という会話は、このあたりが基調になっている。

## 息子より娘を欲しがるのが母親だ

ところで、隣国・中国では、いまでも孔子の教えが根強く残っていて、男の子が親の面倒をみることが常識となっている。そういう社会のなかで、人口抑制政策の「ひとりっ子制度」が定着してきた。夫婦に子供は一人だけ、という制度である。

すると、どういうことになるか。

生まれてくる子供が男の子なら、親は老後の保障を得たことになる。もし女の子だったら、その娘は結婚した相手の親の面倒をみることになるから、娘の親は、老後も自活せねばならない。ただ一度のチャンスに、親は自分の老後を賭けるわけだ。だから、男の子を欲しがる。

日本の場合は逆だ。

息子よりも、むしろ娘のほうが「老後の面倒をみてくれないにしても、いっしょに住んでくれるのではないか」とか「いっしょに住んでくれないにしても、しょっちゅう遊びに来てくれるのではないか」などと淡い期待を寄せている。それで親は、とりわけ母親は、女の子を欲しがるのだ。

わが家には娘が三人いるから「お宅はいいですね」とか「将来が楽しみですね」と、よく言われる。

こんなセリフは、むかしは、男の子が生まれたときの常套句だったはずなのだが……。

たしかに、娘が相手の両親と生活するよりも、息子が相手の両親と生活したほうが平和だ。一般には男は妥協しやすく、女は妥協したがらないからだ。

日本人というのは、巷間いわれているように、平和を愛する国民らしい。嫁と姑のトラブルを避けるために、娘を嫁に出さなくなった。仮に、出すにしてもババ抜きの条件である。このような強固なるウィメンズ・コネクションによって、現代日本の家庭の平和は保たれている。

## 子供が大切か、親が大切か!?

だいたい、母親というのは、娘たちに、とりわけ長女に期待をかけている。つまり、先の「老後の面倒をみてくれないにしても、いっしょに住んでくれるのではないか」とか「いっしょに住んでくれないにしても、しょっちゅう遊びに来てくれるのではないか」などと、無意識にせよ娘に期待し、そのぶん色目を使っている。

言っちゃナンだが、いまの母親というのは、むかしのモラルといまのモラルの間で揺れ動いている世代の人たちであるように思う。だから、いつまでたっても、自分なりの価値観を確立できないでいるのではないだろうか。

いままでは夫に頼って生きてきたが、その夫にもカゲリが見えだした。いつコロリといくか、わかったものではない。そうなったら、頼りになるのは子供たちしかいない……などと考え、無意識のうちにも自分の子供に媚を売っているような気がする。

それで、

「だから女親ってのは、いやらしい」

と言ったら、女房は、

「それはあなたの考えすぎですよ。男のヒガミじゃないの?」

などと一笑に付されてしまった。しかし、ほんとうに考えすぎかどうか。

いずれにせよ、わたしはそういうものを長女が一身に背負ってしまったらかわいそうだと思いやらずにはいられない。それでなくとも、いままで長女には、次女、三女と比べて、なにかと負担がかかっていると思う。親からの思いこみが激しかったり、若い貧しい両親の下で育ってきたりして、幼いときから苦労してきているのだから。

わたしは、娘たちの幸せのためなら……と、まことに純粋な気持で、母親と娘たちとの分断作戦を決行した。カッコつけているのではないのだが、太宰治にあやかって、

「子供が大切か、親が大切か。子供なんかどうでもいいではないか」

と、折にふれ、女房に言い聞かせてきた。永年言いつづけていれば、女房をいずれ洗脳できると考えたからだ。

ところが、女房はいまだに娘にベッタリだ。それどころか、娘たちはわたしの言葉を悪用し、このごろは合言葉のように、

「子供が大切か、親が大切か？　うん、親なんかどうでもいいではないか」

などと言って、気勢をあげている。やれやれ。

これだから、当世の親たちは子供になめられるのである。ホント、他人事ではない。

# 長女よ、男は女々しくても男だ

## 男の正直さは女々しくない

夫婦の問題でよくわからないことが二つある。

そのひとつ。先日、わたしは、なにかの話のついでに、

「こんなに長く生活していても、家内がなんでわたしと結婚したのか、さっぱりわからない」

と、ボソッと言われた。相手は、ある学校の校長先生で、結婚生活三〇年の強者《つわもの》である。

べつに真剣な話でもなかったので、

「わからないから面白いんじゃないですか」

とそのときは答えておいたのだが、男というのは、いつまでたっても、そんなことを考えているものらしい。

実際わたしも女房をみて、「この女はなぜオレと結婚したんだろう?」と、なにかの拍子にフッと考えることがある。もしかしたら、これが男の証明なのかもしれない。

二つ目のよくわからない問題は、いまの若い人が結婚するとき、かならず、

「幸せになろうね」

と言うことだ。これが、ホントにわからない。わたしの若いころは、

「いっしょに苦労しようね」

と言うのがクドキ文句だったが、一八〇度変わってしまった。

これについては、ある週刊誌の「私の結婚」というコラムで、シナリオライターの山田太一《やまだたいち》さんが面白いことを書いていた。

山田さんは結婚する前に、奥さんの実家の家族会議に呼ばれ「娘を幸せにする自信があるか」とつめよられたんだそうだ。そのとき、山田さんは「そんなことはわからないよ、なっ」と奥さんに言ったらしい。奥さんの御両親の顔が目に浮かぶようで、なんとも楽しいエピソードだが、
これが男の本音だろう。

## この世にいわゆる〝男らしい〟存在はない

幸せになるために苦労をするのであり、幸せになるかどうかはわからないはずだ。男はそのあたりのことがわかるのだが、女性は結婚するとき、幸せになると確信しているからヤッカイだ。

いずれ「幸せになれるかどうかわからない」ということを知るときがくるはずだが、そのとき、女性は、夫のなかの〝男〟をみるのだろう。そして、亭主を「エゴだ、不実だ」と責めるパターンになりやすい。

しかし、ちょっと待て！

友がみなわれよりえらく見ゆる日よ
花を買ひ来て
妻としたしむ
『一握の砂』石川啄木

わたしは、子供のころ、この歌が好きだった。

しかし、ある女性に、「この歌の男は卑怯だ」と言われて、びっくりした記憶がある。

理由を訊くと、

「女に対しての侮辱ではないか。あまりに女々しい」

というわけだ。

言っちゃナンだが、男というのは、本来、女々しいものではないだろうか？ 世の中に、いわゆる〝男らしい〟存在などありえないのではないだろうか……と、わたしは考える。

だから、男のなかの女々しさを否定されると、男の立場がなくなってしまう。女性が男をいじめようと思ったら簡単である。

相手をつかまえて「あなたは男らしくない」と言えばいいのだ。男は茫然として二の句がつげなくなる。しかし、こうなるのが本当の男なのだと思う。

夫のなかにエゴを、不実なものをみてしまったというなら、それが男の大事な部分なのだと言いたい。そのエゴや不実をよく知っているからこそ、男は女々しい。

## 仕事をする男のわがままを責めるような女にはなるな

男は社会に出たとたんに、エゴを徹底的に抑えられてしまう。会社に行けば上司にはゴマをすらなければならないし、好きな仕事だけをやってればいいというものでもない。そのほか、いろいろ圧迫されている。そういう生活を強いられているから、どこかで自分がエゴイスティックになる。だから、家庭のなかではエゴになりやすい。

たとえば会社で役付きだったのがヒラにされたり、何人もいた部下をみな奪われたりする。それでもこの屈辱を二、三年ガマンしよう、そうすればまたチャンスはあると、じっと耐えていることもあるわけだ。

そういうことをガマンしていて家に帰る。それをひと言でも女房に言おうものなら、

「それでもあなたは男ですか、だらしない」

とくる。

「それなら会社を辞めるぞ」と言えば「それは困る」となる。

男はどうすればいいのだろう?

仕事と家庭の関係でも、女性は男に不実さを感じているようだ。

たとえば、明日の日曜日は家族とピクニックに行くことに決まっている。ところが、前の日、上司から、

「すまないけど明日出張してほしい」

と言われ、

「はい、わかりました」

と言う。言ってしまってから、ああ、明日はピクニックだったな、と思い出す。仕事をしているときは、女房、子供を忘れているから、こういうことになるわけだ。

しかし、それを不実と考えるのは、家庭の論理であり、女性の論理だ。

女性は家庭というものから脱皮できないかもしれないが、男は家を出るときに、家庭を意識の外に置いていかなければならぬことがある。一時的に家庭をすてるのだ。

だから、これは「男の不実」というよりは、社会に出て仕事をしなければならない「男の本質」というものに近いのだろう。それを「不実」と責められても、男としては、どうにもならない。「不実でもしようがないじゃないか」と言うほかはないのだ。

「わたしよりも会社のほうが大事なの?」

というのも、家庭にいる女性の決まり文句だが、夫としては、会社のほうが大事とは言えない。言えないから、ああでもないこうでもないと説明する。この説明のなかに〝男〟がある。

このとき、亭主を不実だと責めるのは、妻として当然かもしれないと思う。そこまではよくある話だ。

しかし、夫をなじって、

「わたしが課長さんに言います」

となると、これは、もう典型的な悪妻といえる。これは男として許せない。

出張だと言えば会社に確かめたり、残業が信じられなくて、夫の友人に確認したりする、こういう妻を、男はもっとも嫌う。

長女にかぎらず、次女、三女も、いずれ結婚するだろう。そうなったとき、こういう妻にだけはなってもらいたくない。そして、わたしが父親として、きみたちに女らしさを求めなかったように、自分の夫となる人に〝男らしさ〟を求めるなんてことはしないように。

夫に男らしさを求めるのは、悪妻なのである。

## おまえの結婚式では泣かないぞ

### 披露宴スピーチでの大失敗①

最近の結婚式ではインタビュー形式の披露宴をよく見かける。新郎新婦にマイクを向けて質問し、その迷答ぶりを楽しもうという趣向だ。

しかし、その質問内容は、本当はむずかしいものだと思う。

「知り合ったのはいつですか?」

というぐらいは、まあ、いい。

「赤ちゃんは何人ぐらい欲しい？」

というのも、まあ、許してやろう。

だが、

「婚前交渉は済んでいるんでしょ？」

といった質問が出る。新郎新婦はテレて答えはしないが、新郎新婦のそぶりを見ていれば、明らかにそれはわかることだ。そこで、若者たちのテーブルは大いに湧くのだが、新婦の両親はブゼンとしている。

若者たちだけのパーティーなら、それもいいだろう。しかし、結婚式には新婦の父親も母親も出席している。そうしたことに気配りをしない司会者は、最低だ。

わたしの出席した結婚式でも、この質問が出た。ホントに「下衆《げす》いヤツだ」と怒鳴りつけたい気持を押さえつけるのに、えらく苦しんだ覚えがある。

いつだったか、可愛がっている姪《めい》の結婚式のときには、つい怒鳴ってしまった。

会場に行ったら、羽織袴でウロチョロしているヤツがいるので、

「コラッ」

と怒鳴った。

「キミ、今日はオレの姪の結婚式だ。出席する人間のひとつの心得として、新郎より派手な格好

をしてくるな。なんだ、その格好は！」

「ぼくがその新郎です」

そう言われると、また怒らなくてはならぬ。

「待て。おまえがオレの姪の亭主なら、もうちょっと落ち着け。ウロウロするなっ」

同じ人間をちがう立場で怒るわけである。こういう変わり身は、わたしの十八番だ。初めて会った男に怒鳴られて、彼もびっくりしたことだろう。しかし、可愛がってきた姪が結婚すると思ったとき、怒鳴りたい心境になったのだからしかたがない。

怒鳴りたい気持というのは、腹が立ったからばかりではない。晴れがましいとき、うれしいときも、怒鳴りたい心境になるものだ、とわかった次第だ。

他人のことばかりは言えない。わたしもいろいろな結婚式に出たし、スピーチも何回か経験があるが、東京タイムズ時代の部下が結婚したとき、その披露宴で、若気のいたりとでもいうべき大失態を演じた。

## 披露宴スピーチでの大失敗②

むかしの部下の結婚式で、テーブルスピーチを頼まれた。このタイミングが悪かった。ちょうど新婦がお色直しで戻ってきたときに指名されたのである。

わたしがマイクの前に立ったときには、カメラをもった連中がワッと新婦のまわりを囲んでいる。わたしのスピーチなんぞ、新郎も聞いていなければ、新婦も聞いていない。ワーワーキャーキャーと式場は騒然としている。

これで、わたしはムカッときた。このあたりが、わたしの浅薄なところだが、式場の騒がしさに負けないほどの大声で、

「オメデトウ」

と言ってから、

「梶山季之《かじやまとしゆき》さんは、テーブルスピーチとスカートは短ければ短いほどいいと言ったけれど、わたしは、いっそないほうがいいと思う」

そう言ってさっさと降りてきてしまったのだ。そうしたら、いっしょに出席していた先輩に大いに叱られた。

「おまえが腹を立てる気持はわかる。わかるが、あれは、いけない。新郎新婦のお父さん、お母さんが、自分の息子や娘に先輩がどんなハナムケの言葉をかけてくれるか、どういうふうに息子や娘を見ているか楽しみにしていたはずだ。会社の連中だってそうだ。おまえの先輩も後輩も、おまえがどんなスピーチをやるか注目していたのだ。おまえはそれに応えなかった。おまえのあれは、失敗だ」

わたしは「シマッタ」と思った。

つまり、テーブルスピーチというのは、花嫁花婿だけに聞かせるものではない。聞きたいと思

っている人は大勢いるのだ。それを先輩に言われるまで気がつかなかったのは、われながら、まったく浅薄だった。

## 結婚式――つい、いろいろと考えてしまい

さて、わが家の娘たちは、どんな結婚式を挙げるのだろうか。

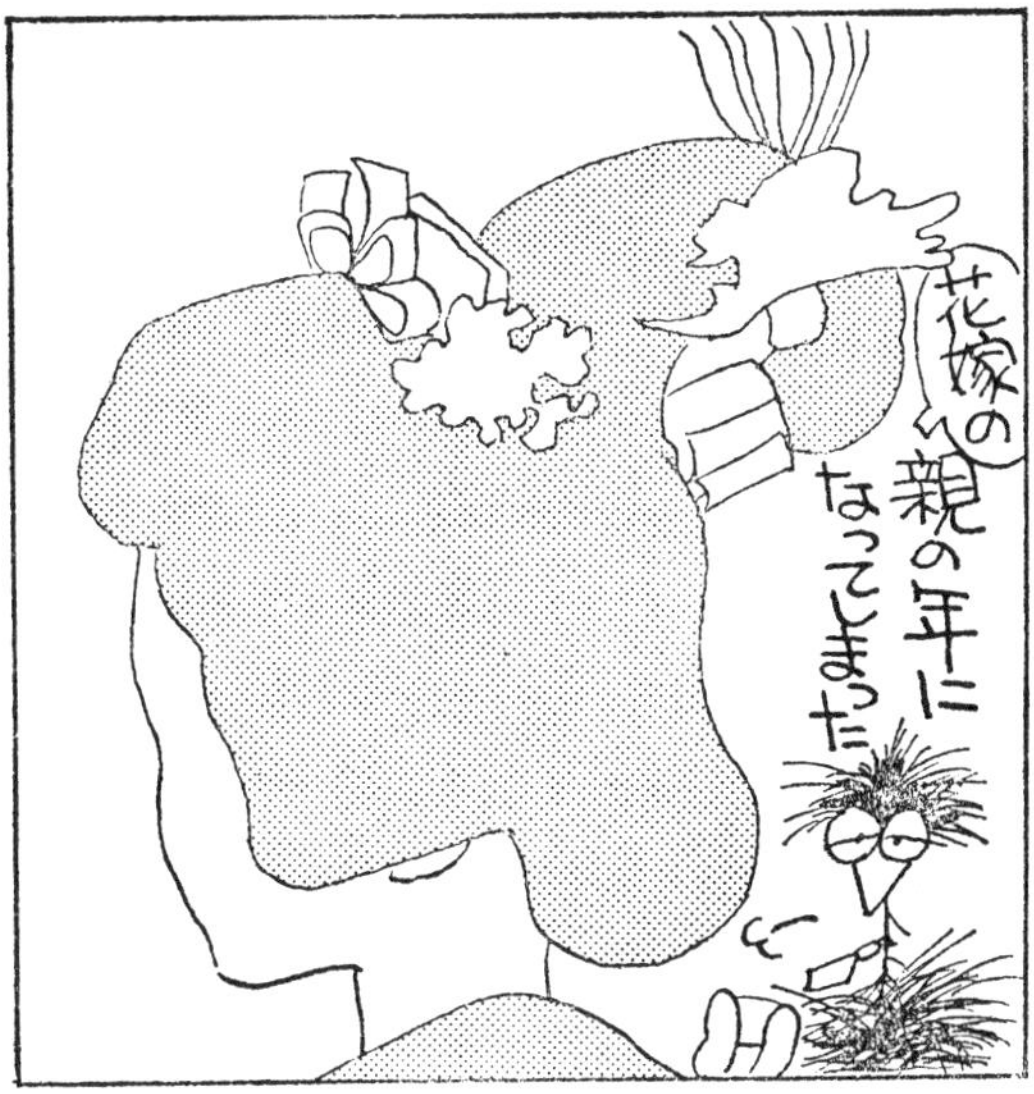


聞くところによると、ちかごろ、結婚式でいちばん先に泣き出すのは、新婦の父親だそうではないか。そしてそんな父親にかぎって、結婚する娘に、

「つらいことがあったらいつでも帰っておいで。おまえの部屋は、いつ帰ってきてもいいように、そのままにしておくから……」

といったバカなことを言うらしい。

そんなことを言われれば、バカな娘が、結婚した先でちょっとでも面白くないことがあると、すぐに「帰りたい」と言い出すのは目に見えている。

ちかごろの父親は、これほどのこともわからずに父親ヅラをしているのだろうか。わたしは、まちがっても、こんなバカな父親にはなりたくない。

娘の結婚式に、父が泣く——。

そのことを「自然な感情だ」と言う人がいる。たしかに自然な感情の流露だろう。

しかし、それは、

「結婚した娘は、二度と父親のもとには帰ってこない」

という前提があってのことだ。別れに涙を見せておいて、

「帰っておいで」

と言ったのでは、別れが別れではなくなってしまう。そんなものが仮に自然な感情だとしても、それを抑えて、

「いったん結婚したら、二度と帰ってくるなよ」

と言うほうが、もっと自然な感情ではないだろうか。わたしには、涙を見せることも父親としての自然な感情なら、涙を見せないようにこらえることも、父親としてごく自然な感情のように思える。

そんなわけで、わたしも三人の娘の父親として、甘っちょろいことは絶対に言わないようにと心に決めている。とはいっても、わたしのことだから、現場に立つまでは自分でも信用できないが……。

たしかにどんな父親にも、結婚する娘に対して「帰っておいで」と言いたい気持はあると思う。しかし、それを口に出して言うか言わないかは大ちがいだ。

だから「オレは言わんぞ」と、いまから世間に宣言しているのだ。

笑う人もいるが、そういうことが、

「男が父親として生きていく証し」

と信じている。

宣言しておいて、結婚式場で泣いたりしたら恥ずかしいから、きっとガマンするだろう。仮に泣くことはあっても、トイレに行くフリをしてなんとかごまかそうと努力するだろう。現場に立って「父親の涙は自然な感情」という誘惑に負け、ポロポロと涙を流すようなブザマな姿だけは見せないだろう――と思うのだ。父親としての自分にカセをはめるのである。

このあたりの心理というのは、花婿の女親の心理と好対照だろう。自分の息子が嫁さんをもらったあとで浮気なんかしようものなら、母親にはそれをよろこぶようなところがある。自分が嫁につらくあたっているのを、息子が正当化しているとでも考えるのだろうか。また、姑対嫁の関係で、自分がいじめられてきたから、自分の後継者もいじめたほうがいい……と、ひそかによろこんでいるのだろうか。

また叱られるかもしれないが、息子をもった母親の気持というものは、ま、こんなものだろう。

## 誰が泣くか、泣いてたまるか

娘さんを結婚させるときの父親の気持を小説家の吉川英治《よしかわえいじ》さんがテーブルスピーチで述べておられるので、その一節を紹介しよう。

これは吉川さんの結婚祝詞集である『どうか娘を頼みます』（六興出版）に収録されているものだが、当時文藝春秋社長だった池島信平《いけじましんぺい》氏のお嬢さんが結婚するとき、父親としての池島氏の心情を推察して、吉川さんがスピーチしたものだ。

《察するに……いったい何のためにあんなにきれいな娘を育て、見ず知らずの男にやるのか、理解に苦しむ。（笑声）しかも、タダで（爆笑）、それを繰り返してたんだろうと思う……》

これが父親の嘆きとしては本当のところかもしれない。

また「週刊朝日」編集長だった評論家の扇谷正造さんのお嬢さんが結婚するとき、扇谷さんが詠んだ歌が収録されているので、これも紹介したい。

はなやかに笑いさざめく声聞きて
涙ほろり落ちぬ子のゆくというこのごろ
彼女と同棲せし最初の異性はわれれなりなどといいては
笑われにけり

これも、じつは吉川英治さんが扇谷さんのお嬢さんの結婚式に〝扇谷正造つくるところの歌〟として披露したのを引用させていただいたものだ。オレが一所懸命に育ててきた娘、それを見ず知らずの男にとられてしまう——その寂しさ、悲しさ、しかし諦めなければならない無念さ。そんな感情が混じり合って、心のなかを整理できないのが、父親の心情ではなかろうか。

わたしは、そういうことを十分に考えたうえで、娘たちに、

「おまえたちの結婚式に、オレは泣かないぞ」

と言っているのである。

誰が泣くか。泣いてたまるか。

## これからが、父親の分岐点だろう

俳優・森繁久弥《もりしげひさや》さんのエピソードも、父親の心情をよく捉えていておもしろい。

結婚したお嬢さんが帰ってきたときは、ものすごく上機嫌になるという。しかし、お嬢さんの夫、つまり義理の息子さんの靴もいっしょに玄関に並んでいるのを見ると、急に不機嫌になる。たまたま靴がそろっていなかったりすると、

「なんてだらしのない男だろう」

と思うのだそうだ。ところが、きちんとそろっていると、こんどは、

「なんて杓子定規な男だろう」

と思うらしい。要するに、靴が投げ出してあればあったで腹が立つし、キチンとそろっていればいたで腹が立つ――そういうものらしい。

森繁さんのエピソードは、父親の心理をよくあらわしていて、ほほえましいと思う。だからといって、結婚する娘に「帰っておいで」と言ったのでは、やはり父親としては失格だと思う。「帰ってくるな」と言ったほうが、どれだけ父親として上等であろうか。このあたりが、父親が男として生きてきたかどうかの分岐点ではないだろうか。

わが家の娘たち三人、誰から先に結婚するかは知らないが、世間的な順序でいえば、やはり長女だろう。

その場になって、長女の花嫁姿を見たとき、はたしてわたしはどんな気持になるものやら、わたしとしても興味津々である。過去に恋人の二、三人も連れてきて、紹介してくれたのであれば、わたしにもある程度の覚悟はできるし、免疫にもなるというものだが、いまのところ、そんな気配はサラサラない。ホント、困ったものだ。

だから、結婚式は一発勝負の場となる。「泣く」か「泣かない」か。そして「帰っておいで」か「帰ってくるな」か。

# エピローグ

**山茶花に気づいた、やさしい長女よ……**

ことし（一九八三年）もまた、山茶花《さざんか》の季節がやってきた。わが家の山茶花は、門から玄関まで一九段もある石段を覆うようにして咲いており、石段の一段一段に紅白の花びらが散り敷かれている。

紅白の衣を脱ぎ重ねるみたいに、咲いては散り、散っては咲く山茶花だが、枝が見上げるような位置にあるため、散って初めて、わたしたちは、

「あ、咲いたな」

と気づく。

そんな山茶花を眺めながら、わたしは、いつか長女が幼稚園児だったときの晩秋のことを思い

出している。近くの幼稚園に通っていた長女は、

「いってまいりまーす」

いったんは勢いよく玄関から飛び出したのだが、石段に山茶花の花びらが散っているのを見つけると、

「山茶花が咲いているよォ」

報告に、また階段を上がってきた。

「そんなことをしていたら、幼稚園に遅れますよ」

女房の声に、

「待て、待て」

わたしは、サンダルを突っかけ、玄関から石段の上に出た。見上げれば、梢のほうに一輪、二輪、たしかに山茶花が咲いている。

「ホントだあ」

「ねッ、咲いているでしょ」

長女は、石段に散っていた花びらを拾うと、うれしそうに、

「こんどは、ホントにいってまいりまーす」

もういちど叫ぶと、元気に石段を下りていった。

——朝早く、わたしが門の脇の新聞受けに新聞を取りにいったとき、山茶花は、まだ散ってい

なかった。わたしは、梢を見上げることもなく、石段を駆け下り、駆け上がってきたので、山茶花が咲きはじめたことに気づかなかったのだ。

「エラいぞォ。よく見つけた」

ようやく門を出ようとした長女に、わたしは声をかけた。そうして、

「気をつけていけよォ」

そう怒鳴ったのである。

「うん」

長女は得意そうに頷《うなず》くと、表通りの角で待っている幼稚園の先生のところへと走り去った。

話は、それだけのことだ。が、それだけのことだが、長女は小学校に上がっても、中学生、高校生になっても、いや、大学に入っても、晩秋になると、

「山茶花が咲いている」

下りかけた石段をまた上がってきては、両親に報告するのである。

「そんなことをしていたら、遅れますよ」

と、女房が言い、

「どれどれ」

と、わたしがサンダルを突っかけるのも、毎度のことだ。長女には、幼稚園児のときに山茶花が咲いているのを見つけて父親にホメられたことが、よっぽど強烈な印象で残っているらしい。

ときには、朝早く、門の脇の新聞受けに新聞を取りにいったわたしが、先に見つけてしまうこともある。が、わたしは何食わぬ顔して、新聞を読み、朝飯を食う。

するると、

「ことしも、山茶花が咲いたよ」

いったん玄関から出ていった長女の声が、また戻ってくるのだ。

「どれどれ」

ひょっとしたら、長女はわたしが知らなかったふりをしていることに、気づいているかもわからない。が、

「ホントだ」

わたしがそう呟くと、心を許したように石段を下りていくのである。

## 山茶花は長女の花である

ことしは、秋の初めに茶毒蛾《ちゃどくが》の幼虫が異常発生して、山茶花は散々だった。気がついたときには丸坊主寸前で、

「どうしよう?」

植木屋に相談したら、

「伐《き》っちまいましょう」

出入の植木屋の奴、いとも簡単に言いやがった。

「こりゃあ、伐らなきゃダメですよ」

「でも、なんとか伐らずに済ますことはできないかなあ」

わたしの、たっての希望で、植木屋は自分たちがかぶれるのも構わずに、一日がかりで殺虫剤を撒《ま》いてくれた。二、三日後、地面に落ちた茶毒蛾の幼虫は、一升枡にして二杯もあったろうか。

おかげで、ことしの山茶花はちょっと遅かったけれど、例年のように静かに咲いている。そして、

「そんなに散り急がなくてもいいのに……」

という、わたしたちの思いをよそに、パラリパラリと花びらをこぼしつづけるのだ。

例によって、ことしも、山茶花が咲いたのをいちばん先にみつけたのは、長女だった。大学を卒業し、コンピューターのメーカーに就職して、

「ことしは、報告には来ないかな」

と思っていた長女だったが、

「山茶花が咲いている」

出社前に、やはり、報告に来た。その声を聞いて、わたしの心は和んだ。

わが家の山茶花は、長女の花だ。

【エビデンス選書】刊行にむけて

たとえ体制が移り制度が変わり、暮らしが変化しても、人は書を読み知を得て、根源的価値を学びます。時間が失われていく激しい時代に、どうしても伝え残さなければならない普遍的な価値を、書籍のかたちで発信した人たちがそこにいます。

エビデンス選書は、そんな著者たちによる、こんな時代のいまの読者のみなさまに読んでほしい本を、再び覚悟をもって発信します。

※本書『長女の本』は一九八四年に、情報センター出版局より刊行されました。


長女の本

1984年1月 8日 第1刷
1994年4月19日 第31刷
2007年4月 9日 新装版第1刷

著　者　青木雨彦
発行者　関 裕志
発行所　株式会社情報センター出版局 EVIDENCE CORPORATION
〒160-0004 東京都新宿区四谷2-1 四谷ビル
電話 03-3358-0231 振替 00140-4-46236
URL http://www.4jc.co.jp/

印　刷　萩原印刷株式会社
装　丁　清水良洋（Malpu Design）
装　画　田口ヒロミ
本文イラスト　倉田江美


 ISBN978-4-7958-4642-5